共和国故事

紧急呼吁

——全国掀起学习传统文化热潮

陈栎宇　编写

吉林出版集团股份有限公司

图书在版编目（CIP）数据

紧急呼吁：全国掀起学习传统文化热潮/陈栎宇编. ——长春：吉林出版集团股份有限公司，2009.12

（共和国故事）

ISBN 978-7-5463-2094-6

Ⅰ. ①紧… Ⅱ. ①陈… Ⅲ. ①纪实文学-中国-当代 Ⅳ. ①I25

中国版本图书馆 CIP 数据核字（2009）第 004131 号

紧急呼吁——全国掀起学习传统文化热潮
JINJI HUYU　　QUANGUO XIANQI XUEXI CHUANTONG WENHUA RECHAO

编写　陈栎宇	
责任编辑　祖航　息望	
出版发行　吉林出版集团股份有限公司	
印刷　三河市嵩川印刷有限公司	
版次　2010 年 1 月第 1 版	2022 年 1 月第 9 次印刷
开本　710mm×1000mm　1/16	印张　8　字数　69 千
书号　ISBN 978-7-5463-2094-6	定价　29.80 元
社址　吉林省长春市福祉大路 5788 号	
电话　0431-81629968	
电子邮箱　tuzi8818@126.com	
版权所有　翻印必究	

如有印装质量问题，请寄本社退换

前　言

　　自1949年10月1日中华人民共和国成立至今,新中国已走过了60年的风雨历程。历史是一面镜子,我们可以从多视角、多侧面对其进行解读。然而有一点是可以肯定的,那就是,半个多世纪以来,在中国共产党的领导下,中国的政治、经济、军事、外交、文化、教育、科技、社会、民生等领域,都发生了深刻的变化,中国人民站起来了,中华民族已屹立于世界民族之林。

　　60年是短暂的,但这60年带给中国的却是极不平凡的。60年的神州大地经历了沧桑巨变。从开国大典到60年国庆盛典,从经济战线上的三大战役到经济总量居世界第三位,从对农业、手工业、资本主义工商业的三大改造到社会主义市场经济体制的基本确立,从宜将剩勇追穷寇到建立了强大的国防军,从废除一切不平等条约到独立自主的和平外交政策,从"双百"方针到体制改革后的文化事业欣欣向荣,从扫除文盲到实施科教兴国战略建设新型国家,从翻身解放到实现小康社会,凡此种种,中国人民在每个领域无不留下发展的足迹,写就不朽的诗篇。

　　60年的时间在历史的长河中可谓沧海一粟。其间究竟发生了些什么,怎样发生的,过程怎样,结果如何,却非人人都清楚知道的。对此,亲身经历者或可鲜活如昨,但对后来者来说却可能只是一个概念,对某段历史的记忆影像或不存在,或是模糊的。基于此,为了让年轻人,特别是青少年永远铭记共和国这段不朽的历史,我们推出了这套《共和国故事》。

《共和国故事》虽为故事,但却与戏说无关,我们不过是想借助通俗、富于感染力的文字记录这段历史。在丛书的谋篇布局上,我们尽量选取各个时代具有代表性或深具普遍意义的若干事件加以叙述,使其能反映共和国发展的全景和脉络。为了使题目的设置不至于因大而空,我们着眼于每一重大历史事件的缘起、过程、结局、时间、地点、人物等,抓住点滴和些许小事,力求通透。

历史是复杂的,事态的发展因素也是多方面的。由于叙述者的视角、文化构成不同,对事件的认知或有不足,但这不会影响我们对整个历史事件的判断和思考,至于它能否清晰地表达出我们编辑这套书的本意,那只能交给读者去评判了。

这套丛书可谓是一部书写红色记忆的读物,它对于了解共和国的历史、中国共产党的英明领导和中国人民的伟大实践都是不可或缺的。同时,这套丛书又是一套普及性读物,既针对重点阅读人群,也适宜在全民中推广。相信它必将在我国开展的全民阅读活动中发挥大的作用,成为装备中小学图书馆、农家书屋、社区书屋、机关及企事业单位职工图书室、连队图书室等的重点选择对象。

编　者
2010 年 1 月

目录

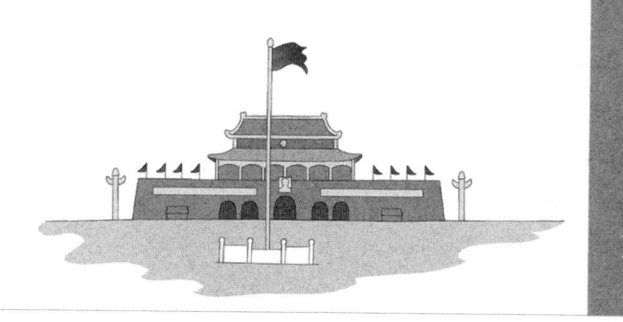

一、悄然兴起

政协委员发出紧急呼吁/002

中华经典诵读工程启动/004

全国各地掀起诵读经典热/007

北京首家国学馆开馆/011

大学老师开课授国学/013

柳州学校开展读经活动/016

苏州出现现代私塾/020

吉林举办"国学大讲堂"/023

二、大力推动

人民大学成立孔子研究院/028

各报联合发出学国学倡议/030

经典诵读全球测评活动启动/034

人民大学成立国学研究院/038

国家加强传统文化工程建设/040

三、掀起高潮

全国商界兴起学国学热/044

学国学成为一种现代时尚/050

全球孔子学院大会召开/052

世界汉学大会在中国召开/059

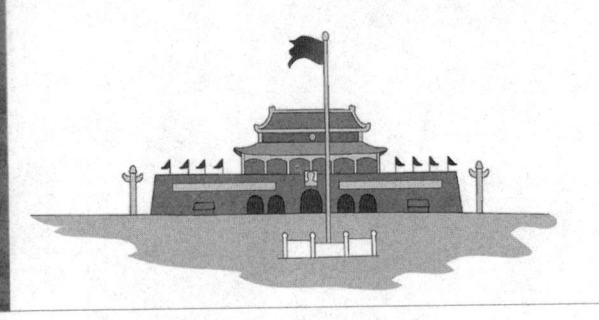

孔庙祭孔大典隆重举行/063
国学传播中心在北京成立/065
《四书》首次走进清华大学/067
古籍保护工作全面启动/070
世界儒学大会隆重举行/072

四、遍地开花

幼儿园开办暑期国学班/078
长春掀起学习国学热潮/081
济南把国学知识用于生活/083
石家庄实施诵读工程/085
浙江衢州兴起学国学热/091
商人通过学国学走向成功/093
大连校园涌动国学热/096
大城县开办国学讲堂/099
椰城流行少儿学国学热/101
厦门大学开办国学课/107
济宁国学热造就文明城/110
青岛社区兴起学国学热/112
佳县屈家庄兴起学国学热/114
联合国秘书长潘基文学中国经典/117

一、悄然兴起

- 在石碑林立、古树参天的北京孔庙里，一脸稚气的孩子们穿着古香古色的唐装上国学启蒙课。

- 每到周六、周日，教室里总是传来琅琅读书声："古之学者必有师，师者，所以传道授业解惑也……"

- 经常能听到在古筝、古琴等传统音乐伴奏声下，诵读古诗的琅琅读书声。

政协委员发出紧急呼吁

1995年，在第八届全国政协会议上，赵朴初、叶至善、冰心、曹禺、启功、张志公、夏衍、陈荒煤、吴冷西九位德高望重的全国政协委员，以016号正式提案的形式，发出《建立幼年古典学校的紧急呼吁》。

"紧急呼吁"指出：

我国文化之悠久及其在世界文化史上罕有其匹的连续性，形成一条从未枯竭、从未中断的长河。但时至今日，这条长河却在某些方面面临中断的危险。

"紧急呼吁"强调：

构成我们民族文化的这一方面是我们的民族智慧、民族心灵的庞大载体；是我们民族生存、发展的根基；也是几千年来维护我民族屡经重大灾难而始终不解体的坚强纽带。如果不及时采取措施，任此文化遗产在下一代消失，我们将成为历史罪人、民族罪人。

对于一个民族来说，经典是民族智慧的结晶，承载的是民族文化最精华的常理常道，其价值历久弥新，是民族文化系统中永恒不朽的源头活水。

他们希望学校、社会能重视对传统经典的诵读和教育，"在有生之年重听弦歌，到古典学校中走一走，看看后继之人"。

他们主张建立少量"幼年古典学校"或"古典班"，适当采取传统的教学方法，让学生从小背诵历代重要的文、史、哲名篇，并且指导学生从事古文、骈文、诗、词、曲的写作实践。

这个提案以焦急迫切的文字，敲响了中国传统文化正处于存亡续绝的警钟，从此，经典诵读的广泛复兴就正式开始了。

1998年，根据该提案的精神，舒乙、王志远、刘荫芳等人，牵头创办了"北京市圣陶实验学校"，这所学校"以九年义务教育课程为基础，以传统文化素质教育为特色"。

从此，在国内开始了经典诵读活动。

中华经典诵读工程启动

1998年,中国青少年发展基金会发起并组织实施了青少年社会文化公益项目"中华古诗文经典诵读工程"。

这项工程以组织少年儿童诵读、背诵中国古诗文经典的方式,让他们在一生学习和工作压力最轻,记忆力最好的时候,以最便捷的方式,获得古诗文经典的基本熏陶和修养,进一步激活传统,继往开来。

中华古诗文经典诵读工程由中国青少年发展基金会社区与文化委员会负责实施。

在试点诵读收到良好的评估效果之后,1998年6月26日,工程正式启动。著名学者季羡林、杨振宁、张岱年、王元化、汤一介担任顾问,国学大师南怀瑾担任指导委员会名誉主任。

中国青少年发展基金会社区与文化委员会组织专家学者编辑了《中华古诗文读本》,选编从先秦至近代的300篇古诗文经典之作,全部诗文有汉语拼音注音并配有注释,分为子、丑、寅、卯等12集出版。

诵读工程以《中华古诗文读本》为基础读本,以《中华古诗文普及读本》为捐赠推广读本,以《中华古诗文初级读本》为低幼入门读本。各类读本均有与之配套的有声读物,《中华古诗文读本》《中华古诗文普及读本》还分别配套有"读本导读"。

《中华传统美德读本》是全国教育科学规划办公室批准的规划类教育部重点课题,即"中华古诗文经典诵读工程中的传统道德教育的实验研究"中的一个项目,是该课题研究的指定用书。

这项活动,通过向农村贫困地区、希望小学捐赠古诗文读本及专项活动费用的方式,促进诵读工程在农村的开展,使农村少年儿童在获得平等受教育机会的同时,不再因贫困缺好书而影响完善人格、健康心理、良好道德的全面教育和培养。通过组织开展诵读工程配套活动,促进希望小学校园文化建设,形成希望工程的教育特色。

各级政府也大力推广经典诵读工程。

2002年8月,安徽省教育厅基础教育处在合肥市召开了儿童经典诵读工程试点工作会议,省教育厅专门发文,将儿童经典诵读工程作为一项重大的教改工程在全省范围内推广。

2003年1月,包头市教育局召开经典诵读专题报告会,全面开展经典诵读活动。

2003年1月,江西省南昌市推广经典诵读。

2003年3月,经典诵读走进锦州。

2003年4月,广东省启动经典诵读工程。

2003年6月,湖北省荆州市开展了经典诵读。

2003年7月,内蒙古自治区教育厅发出《关于在全区中小学教学中开展"儿童中英文经典诵读活动"的通知》，将经典诵读导入学校教育。

　　2003年9月到11月，江苏南京、安徽举办了经典诵读工程系列报告会。

　　诵读工程自1998年6月启动至2006年底，全国已有30个省、市、自治区，近万所学校，600多万名少年儿童，直接参加诵读工程的各项系列活动。

　　其中，受资助参加活动的农村贫困地区、希望小学，以及打工子弟学校的学生有近百万人，受其影响的成年人超过3500万人。在活动中，还评出了许多获奖单位和个人。

全国各地掀起诵读经典热

2000年12月，北京四海儿童经典导读教育中心与国家图书馆善本部联合举办了"全民读书月——少年儿童读经典系列讲座"。

2001年2月14日，北京四海儿童经典导读教育中心联合国家图书馆、中华慈善总会等各界力量启动了"经典诵读工程"，这是一项由海内外各界力量共同参与、共同推动的公益文化教育活动。

2001年三八妇女节时，北京四海儿童经典导读教育中心、海淀区政府和海淀区妇联，共同发起了"建立学习化家庭"的活动，使经典诵读走进了家庭，走进了社区。

北京四海儿童经典导读教育中心与"中国儿童文学研究会"主办，"中华炎黄文化研究会""中华孔子学会""国家图书馆"等单位协办了"庆六一走向经典时代"联欢活动。

在这次联欢活动上，来自各地的幼儿园、小学的小朋友表演了精彩的诵读节目。一些专家、学者、著名演员也纷纷登台吟诵古诗词，会场上下互动气氛热烈，在社会上引起了强烈反响。

来自海峡对岸的台中师范大学教授王财贵博士在北

京、上海等12个城市进行了关于经典诵读的巡回演讲，其演讲光盘发行量达上百万套，引起了强烈的社会效应。

台湾唐诗新唱推创人柳松柏先生，应邀来大陆进行示范教学，并在中央人民广播电台作了专题讲座。

2002年4月6日，在北京孔庙内，全市首家"国学启蒙馆"开馆。

为共同推进在海内外华人文化领域中广泛开展的经典诵读工程，经文化部办公厅批准，由华夏纽带工程组委会、北京四海儿童经典导读教育中心、山东省济宁市人民政府共同发起"古今中外文化经典诵读推广活动组委会"，共同举办了"2002中国曲阜国际孔子文化节——首届古今中外文化经典朗诵会暨首届华人中华文化经典诵读友谊赛"。

为进一步推广经典诵读，在2003年8月，北京丰台六小和北大、清华社团合作，举办了经典诵读师资培训营。各地学校、幼儿园领导、教师及推广者云集一堂，对经典教育进行了深入的交流和研讨。

2004年10月，海内外经典教育师资培训营及研讨会在北京举行。

通过一系列读经活动，孩子们从小就能懂得许多做人的基本道理，为以后的人生道路奠定了基础。

北京国家图书馆音乐厅举行为期三天的儿童经典教育咨询服务、读经家庭交流、儿童经典诵读教材展销等活动，吸引了许多北京家长前来咨询。

那天正好是双休日,一楼大厅咨询台前,围满了来自北京各大区的家长,他们大多是一家三口全家出动,也有爷爷奶奶、姥爷姥姥前来为小孙子、小孙女选购儿童经典诵读教材的。

天真烂漫的孩子一谈到读经,黑色的明眸闪闪发亮。一个10岁小女孩说:"以前在家做完作业,不是吹黑管,就是傻待着。现在,《三字经》《千字文》《孝经》《弟子规》《论语》《大学》《老子》等都会背。"

当问到小朋友说:"读经后你们有什么变化?"

孩子们争先恐后地回答:

"读经使人变得聪明。"

"读经明白做人的道理。"

"读经能了解很多知识。"

"家长做得不对的地方我能指出来。"

…………

北京海淀区花园村二小一个9岁小女孩从2003年12月开始,每天坚持读半个小时《论语》,5个月就能完全背诵下来。

一位家长说,她的儿子读小学二年级,才上了两个多月的读经班,每当出外旅游,孩子发现旅游景点经典诗句招牌,一边跑上前去抚摩,一边大声吟诵起来,引来赞叹声一片。张女士表示,一定要让儿子坚持读经,造就儿子快乐的人生。

家长们对儿童读经都表示认同。有的说,经典文章本身蕴涵的哲理，也会让孩子的心胸变开阔。孩子读经后，变得很讲礼貌，孝敬父母。

在日常生活中，孩子们逐渐学会运用《三字经》的话语看待生活中发生的事情，甚至纠正父母行为中不当的地方。

通过学习传统文化，把孩子从电脑游戏中的有害环境中争过来，培养孩子的爱心、孝心和责任心。

吉林省某公司北京市场部经理关女士说，学习经典是一种难得的陶冶，读经书，才知道古大德的快乐，他们淡泊名利生死，重在修心养德。在她感召下，她的同行每天读完一部经再上岗。

几年来，从城市到乡村，从沿海到西部，从黑龙江到海南岛，从大陆到港澳台，从国内到海外，从幼儿园到大学，从胎教到中老年教育，从正规课程到业余学习，从政府机关到企事业单位、家庭及非营利性组织，关注经典、诵读经典、体验经典、践行经典的直接间接受众已达上千万人之多。

在国内，北京、上海、天津等数百个城市的数百万儿童参与了经典诵读活动，台湾、香港也有上百万的儿童在诵读经典。国内的很多大学、教科所及研究机构都纷纷介入了经典诵读活动的推广工作。

北京首家国学馆开馆

2002年4月6日,在有着700年历史的北京孔庙内,38名身着唐装的学前儿童,向5名平均年龄超过70岁的国学家行了拜师礼。

从此,安定门国学馆正式开馆了,这是安定门街道与中华孔子学会、北京孔庙联合创建的全市首家"国学启蒙馆"。

中华孔子学会会长、93岁高龄的国学大师张岱年先生担任了名誉馆长并题写了馆名。

在石碑林立、古树参天的北京孔庙里,一脸稚气的孩子们穿着古香古色的唐装上国学启蒙课。

在老师的带领下,孩子们用稚嫩的声音整齐诵读《弟子规》《论语》等传统开蒙教材的优秀段落,伴着轻快活泼的音乐吟唱着《清明》《春晓》诗句,用心学习拓碑、敲击编磬演奏音乐等传统文化课程……

5岁的宇澄小朋友,在一大早就和妈妈出门,还不到9时,就来到位于北京孔庙内的"安定门国学馆",来上自己的国学启蒙课。按照课程安排,他要上国学诵读、古诗吟唱和动手实践这3节课。

在国学班学习的一年时间里,宇澄先后要学习10多种课程,如读诗诵文,吟唱古诗,学习拓碑,敲击编磬,运用毛笔填色，剪纸，练习幼儿经络健身操，还要认识古建瓦檐的"仙人骑凤"，了解一些中国汉字的演变等。通过背诵量身编写的《京剧口诀》和《科技三字经》等，掌握一部分戏曲科技知识。

据国学班负责人介绍，国学班课程安排主要以经典诵读为主，涉及启蒙性的《三字经》以及较难一些的《大学》和《论语》。在方法上以读、背、记为主，认、写为辅。同时，运用新唱的方式，把传统诗歌改为歌曲，以达到较好的效果。

孩子们使用的国学启蒙教材，是国学馆组织专家学者和一线教师编订的包括国学读诵、古诗吟唱、幼童经络健身操、中国故事、汉字象形演变识字、幼儿京剧启蒙、科技三字经、成长小博士、学剪纸等10多种课程的教材。

在孩子们上课学习的同时，家长们也在另一个教室里听课。据国学班介绍，国学馆将"亲子共学"的理念引入了课堂教学，还逐步为家长开设了国学读诵、民乐欣赏、经络健身操、幼儿知识以及传统文化等课程。

"安定门国学馆"开馆后，一直受到京城和各地家长的热捧，诗词曲赋、传统美德在这里焕发了生机。

大学老师开课授国学

2004年,在广州市的一栋大楼里,每到周六、周日,总是传来琅琅读书声:

> 古之学者必有师,师者,所以传道授业解惑也……

这里是华南师范大学甘老师的家,就在这个小小居室里,甘老师不遗余力地推广着国学,而孩子们就在这里汲取着中华文化的精髓,学习做人的道理。

在2001年一次非常偶然的机会,几位邻居得知甘老师是中文博士后,不约而同地提出,希望他能为自己的孩子补习汉语。

起初,甘老师答应为孩子们辅导古汉语是碍于情面,但是,经过一段时间的辅导后,甘老师逐渐爱上了为中小学生辅导国学的这一业余工作,而甘老师风趣幽默的讲课形式,以及引经据典的渊博学识,更是深深吸引了原本对古文一知半解或毫不了解的孩子们。

虽然孩子们学的是古文,但是课堂气氛非常活跃,孩子们很快乐,丝毫没有人们想象中古文学习的枯燥和单调。

"术业有专攻"是什么意思呢？就是说每个人都会有自己的特长，在业务上各有各的专门研究，例如你们中间有的人语文成绩好，有的数学好，有的体育好，有的虽然成绩不是很好，但他吃饭能吃很多，这也是他的一个特长。

甘老师一席话引得孩子们哈哈大笑。

甘老师在讲授古文过程中，还经常与现实生活相联系，选择孩子们感兴趣的话题，以提高孩子们学习的兴趣和对古文的理解。

甘老师说，他的古文辅导班拒绝被逼来的学生和"功利"的家长，因为他相信，只有孩子自己感兴趣的东西才可能学好。此外，他的古文辅导是跳离学生课本的，不是应试教育，"功利"的家长如果想孩子在他那儿学到如何快速学会写作文，或语文卷子能提高几分，都会"失望而回"。

甘老师古文教学的美名一传十，十传百，一批又一批的孩子和家长纷纷慕名前来求学，其中更有不少家长也跟孩子共同当起了学生。

在甘老师客厅的一个角落里，一名年轻的妈妈正在认真地听讲、做笔记。这位家长说，本来她是陪孩子来的，但发现甘老师的课讲得实在很好，自己也不知不觉地做起学生来了。

甘老师也根据人员的增加而将课程分为小学班、初中班和高中班。其中低年级学生主要侧重于古文字词的解释和文章的含义，而到了高年级则更多地讲解古文句式、古代文化常识和汉语文化等。

甘老师说，他讲课主要有 3 个特点，都能很好地激发学生学习的兴趣：

1. 选取故事性较强的文章来进行讲解；
2. 不做学究式钻研；
3. 与现实生活相联系。

他说，大部分古文都是教育人们如何做人的道理，有利于孩子从小养成良好的行为习惯和品质道德。

甘老师说，现在社会全民都在提倡学习外语，但是作为中国人，很多人的汉语水平却相当低，这是一个奇怪却普遍的现象。国学不仅仅是学习古文或诵读《三字经》，它的含义非常宽广，琴棋书画等都应纳入其中，这些都是教育部门或教育机构值得注意的。

柳州学校开展读经活动

2004年9月,在广西柳州市雅儒小学、驾鹤小学、二十六中等中、小学校里,经常能听到在古筝、古琴等传统音乐伴奏声下,诵读古诗的琅琅读书声。在琅琅读书声中,让青少年不知不觉地接受孝敬父母、遵纪守法的道德规范。

一些学生反映,古典诗词不仅提高了他们的语言表达能力和作文水平,而且使情操在潜移默化中提升。

二十六中原属柳州市木材厂厂办校,学生主要来源是木材厂职工、农贸市场业主和进城务工人员的子女。20世纪90年代末以来,由于企业改制,大批职工下岗,学校生源滑坡等因素的影响,学校升学率大幅度滑坡,生源大面积萎缩。

学校在调研后认为,在经济转型时期,教书首先要育人,利用传统文化,对学生进行细致入微的教育,有助于从长远上实现德育培养的目标。

学校以《中小学必背古诗文》《三字经》《千字文》《大学》《老子》等古诗文中的优秀、经典篇目为主,以《语文课程标准》"优秀诗文背诵推荐篇目"为基础篇目,分级分阶段循序渐进地引导学生领略中华古诗文的博大精深。

最初，学校只是抱着试一试的心态，随着学生兴趣不断提高，越来越多的学生和老师把背诵古诗文当作自己的必修课，古典诗词甚至成为不少学生表达思想、抒发感情的载体。

在二十六中，不少学生是下岗工人、单亲家庭的子女，买六合彩、赌球一度是学生最热衷的事情。在开展古诗文诵读活动后，学生们在课余时间谈论的多是诗词曲赋。

据二十六中所在周边社区居民反映，以前，在校园外见到二十六中及附小的学生，经常三五成群地吸烟、酗酒、打架斗殴。自从学校开展古诗诵读活动以来，打架斗殴、抽烟、酗酒的少了，孝敬父母的多了，参加志愿者服务社区的学生多了。

随着古典诗词、经典古籍逐渐深入，柳州市中小学校"先发明人之本心，而后使之博览"的传统教育思想也逐渐深入人心，学生和老师不仅在这一活动中得到提高，整个社会也日益感受到传统文化熏陶产生的深刻影响。

驾鹤小学是柳州市最早开展《四书》《五经》，以及传统诗词诵读的学校。四年级学生小军长期与母亲不合，曾经发生母亲闯入教室痛骂小军，影响教学秩序的尴尬事件。

在诵读《弟子规》后，小军把"身有伤，贻亲忧，德有伤，贻亲羞，亲爱我，孝何难，亲憎我，孝方贤"

作为自己对待母亲的自觉行动。

小军的母亲说:"现在孩子很懂得体贴我们大人的辛苦,连我都受到他的影响,每天晚上都要和他一块诵读《弟子规》。"

在举国上下对加强未成年人思想道德建设极为关注的时刻,传统文化在此助了一臂之力。

广西柳州市中小学校"颂传统经典,做少年君子"的活动,在当地引起强烈反响。

从事青少年教育的专家认为,这一做法对正在强化的青少年思想道德建设有重要启示。然而,如何确保传统文化精华古为今用、重焕生机,同时,又避免传统中的糟粕扭曲孩子们幼小的心灵,这个古老的问题仍然需要教育界深入思考。

多年从事基础德育工作的教师、专家和学者们对传统经典入校园的做法表示肯定。

运用"四书五经"进行教学的柳州市雅儒小学校长孙明桥说:"雅为文明之意,儒为博学之思,我们的目标就是要塑造行文雅、语言雅、学习雅、教育雅、教学雅的校园氛围,培养既雅且儒、品德高尚的学生。"她认为,基础教育德育为先,这应该是中小学教师共同的教育理念。传统经典中的优秀成分,应该被广泛运用。

由于国内当时仍然缺少这类教学辅导书籍,雅儒小学自行编订了《走进儒家文化》的特色教材。

这本教材的每一页上栏是《孟子》《论语》《荀子》

中的经典名句及其释义。正文则用漫画的方式，将符合传统美德的言行举止，配用经典古文表述出来。简简单单的一页纸，容纳了包括《四书》《五经》《三字经》《千家诗》《增广贤文》等诸多传统经典，不仅知识量大，而且内涵丰富。

"千教万教，教人求真；千学万学，学做真人。"不少基层教育工作者认为，德育在青少年教育中居于首要位置，学校教育的本质是要让学生做好人，做真人。学校和家庭是青少年成长的第一课堂，广泛开展未成年人教育的实践活动，必须从一点一滴的小事做起，从自己做起，从身边的人和事学起。

传统经典中特别注重言行举止对孩子品德养成的作用，这就把"扫天下"远大抱负与"扫一屋"的些许小事密切结合起来，实现了双向互动。

苏州出现现代私塾

2005年9月28日，在孔子的生日纪念日，苏州菊斋私塾古香古色的小教室，和着全球祭孔的脚步开馆了。

在菊斋私塾，身穿中国传统汉服的张先生说："现在的孩子能静心的不多，我们首先通过讲授让他们静心。人心不静，难成大器。"

张先生认为，现在的孩子，独生子女的情境，让许多家长无所适从，包括性格、学习等各方面都依赖性过强，或者过分独立，以至于特别叛逆，而这些和现代教学中对传统文化的德义信孝等的缺少有很大关系，而传统的一些书目如《三字经》《弟子规》《增广贤文》等都有这方面的教诲。

作为私塾的讲师，菊斋有一个教学计划。如整个学制一年，分两个学期，每周上一次课，不仅讲授蒙学的《弟子规》《三字经》《千字文》《幼学琼林》《治学格言》，经学的《论语》《孟子》《老子》《庄子》《大学》等经典，还讲授唐诗、宋词、元曲、对联等传统韵文，让孩子们通过一定的学习达到会写简单诗文的程度。

张先生说："现在的中小学大纲，古典文学的教学内容和分数已分别占到30%以上，而且比例会越来越高，而孩子的启蒙学习机会很少。"

张先生说，如果从小有个大概精要的接触，会对孩子的一生产生影响。首先，通过学习，他能见到这类的书不生，有个先入为主的印象；其次，有了一定的审美观和对古诗文韵律的掌握，对今后大量的其他学习有信心。

张先生强调说："我们的目的不是为了背诵，而是有思想的，理解性的，融入生活的背诵。"为了孩子能学到精致的传统文化，在读经的同时，还穿插古乐、茶道、书画等知识。

菊斋在他们自己参照古代资料制作的桌椅前，身穿汉服，盘腿而坐，面对着"万世师表"的孔子画像，进行了一次试读，引来许多咨询者。

"如果正常，这个月底一个最多20人的精品班就正式开班了。"张先生很有信心地说，他们不希望变成一个滥开的培训班，他们更希望的是弘扬中国的古典文化，培养孩子的生活兴趣和好性情。

苏州立达中学的华老师说："背诵可以给学生创造一个古典文化欣赏的氛围，现在的学生更多地看重动漫、网络，背诵诗文可以让他们更注重审美情趣，加深对传统文化的理解。"

一位家长说，从小学习这种比较系统的古典文化，对以后的成长肯定有好处。

在苏州，市政府、学校、民间，早有了类似内容的尝试。其中，有朱永新副市长早先推行的古典诗文的诵读活动，一直在活跃中。

一些幼儿园，如三香幼儿园也开设了"读经班"，每周两次学习《弟子规》。新苏州师范附属小学，在3年前，也把诵读经文作为一项地方课程来开。平江实验学校也有相似的学习。

对古典文化的传播似乎都在以不同的形式悄悄开展。不光在苏州，北京、江西、重庆、深圳等地也出现了类似的未成年人读经活动。有的以私塾形式，有的以培训班形式，创办者大都以弘扬传统文化为口号，兴起国学的传承。

1994年，台中师范大学语教系王财贵副教授在台湾发起青少年读经运动，倡导教育从读经开始，主张利用13岁以前人生记忆的黄金时期，读诵中国文化乃至世界一切文化的经典，提升文化修养。

读经教育在台湾得到广泛响应。后经南怀瑾、杨振宁等人的倡导和推动，大陆和港澳地区乃至北美、东南亚华人社会均开展了儿童读经活动。从此，有上千万的儿童不同程度地参与其中。

吉林举办"国学大讲堂"

2005年12月25日,吉林省长春文庙"国学大讲堂"举行了开课仪式。

从2005年开办到2007年,坚持公益的"国学大讲堂"举办了150多期,在此,各行各业的人们循着中华民族传统经典的指引,找寻自己的精神家园。

举办"国学大讲堂"的契机,源于2005年9月28日的全球祭孔。长春文庙管理办公室主任王洪源说,当时,有10万人涌入文庙参加大典,使他们一下子看到了民众对传统文化的渴求,也因此萌生了举办公益讲座的想法。

用现代眼光对《四书》《五经》进行解读,是吉林省长春文庙"国学大讲堂"的特色。王洪源说,举办"国学大讲堂"的宗旨就是在民众中传播普及国学教育,避免传统文化在自由传播过程中误入歧途。

举办"国学大讲堂"的初衷,就是让专家学者以低姿态走入普通民众中,让群众从国学中汲取精神营养。

举办两年来,"国学大讲堂"已吸引了吉林省内外的大批听众。每期讲座听众最少时一两百人,最多时有五六百人,社会各阶层、各职业、各知识水平的人都有。

为了不局限于长春文庙及图书馆等课堂,"国学大讲堂"讲座还办到了长春市多所中小学校、部队、社区甚至监狱，反响热烈。

专家们把《四书》中的《论语》《大学》《中庸》都细讲完毕，还讲完了《孝经》，大家都特别喜欢听。

长春大学语言文学研究所所长金海峰教授义务为"国学大讲堂"讲了一年多《论语》。他说："学术发展的方向是走向平民化，传统经典应与现实生活相结合，并用老百姓能听得懂、活生生的小故事来解读。

"比如《论语·学而》第一句'学而时习之，不亦乐乎'，这句话按字面翻译是：'学了知识并时常复习，不是很快乐的事情吗？'但如果你这样来教孩子，他会想，'把作业写个20遍根本不快乐啊'。其实这句话可以解读为'学了知识要及时用于实践，使理论在实践中得到验证'。这样解释，老百姓不仅能听得懂，也能接受，而且还很有可能在现实生活中照着去做。"

在每堂课上，都有不少听众踊跃发言，提出问题，或者给老师递纸条，写明自己有哪些疑惑需要解答，或者希望下一讲能听到哪些内容。

在固定听众中，甚至已形成了一个松散的班委会，他们会在讲座开始前做准备工作，上完课后还会收集听众的意见反馈，为下一讲确定题目提供参考。

73岁的吉林大学经济学院退休教师叶先生是"国学大讲堂"的老听众，他认为："'活到老，学到老'，我们老年人愿意听传统文化。过去人们忽视了好多民族优秀传统文化，其实应该把祖先留给我们的好传统继承下来，不应全盘否定。"

长春一家金融机构的白领刘先生说："每个周末，离开工作，听听这样的讲座，就好像是自己的精神和灵魂得到一次净化。"

王洪源认为，"国学大讲堂"展现了中华传统文化精髓的魅力，细讲《论语》《大学》《中庸》《孝经》《礼记》并非"就经典而经典"，而是与人们的现实生活联系紧密，贴近人心，本于人性。

金海峰认为："中国社会已实现从变革期向和平发展期的转变，而在和平发展期，传统文化回归现实是一种历史规律。人们需要从传统文化中挖掘对现代社会的指导意义。儒家文化之所以能保持生命力，就在于它探讨的是人生一些永恒的问题。儒家文化可以给我们启迪，帮助我们解决现实问题。"

同样，多次担当"国学大讲堂"讲师的东北师范大学文学院教授、北大国学院博士曹胜高则指出，中国综合国力的提高，国际地位的上升，促使国人的民族自我认同感上升、自信心增强。逐步兴起的国学热，既是社会的需求、文化的需求，也是全球文化学术交流的需要。

吉林省社会科学界联合会秘书长张喜才表示，现在，社会处于一种文化饥渴的状态，尽管整个社会经济得到长足发展，但人们缺少人文关怀和文化精神，人们迫切需要从传统文化中找到一个可以依赖的精神家园。

张喜才说:

举办"国学大讲堂"讲座,是从传统文化中找到我们的根。传统文化是我们必须倚重的,因为它对构建社会主义核心价值体系至关重要。构建核心价值体系离不开传统文化,因为离开传统文化就失去了根,就是无源之水。

不仅是长春文庙的"国学大讲堂",从央视"百家讲坛"等各类国学电视节目热播,再到书店里摆放的大量与国学有关的历史学读物,甚至到各地纷纷恢复的祭孔等传统礼俗,"国学热"正迅速融入大众的日常生活。

金海峰表示,弘扬国学,是对儒家文化的核心精神加以解读,强调的是民族精神的复兴,如"自强不息、厚德载物"以及仁义、志气和承担等,并非一些形式上的东西。他说:"有些形式上的'回归'实际上是对传统文化的误读甚至破坏。"

"国学"概括来说,就是以儒家为主的儒释道及诸子百家学说,这是中国传统文化的精髓。因为这种传统始终是我们的根,我们的魂。只有民族的才是世界的,一个国家和民族拥有了自己的传统,才能屹立于世界。

二、大力推动

- 中国人民大学孔子研究院是国内高等院校中设立的第一个孔子研究院。

- 2004年9月,全国各地报纸向中小学生发出"弘扬国学,从娃娃抓起"的倡议。

人民大学成立孔子研究院

2002年11月30日上午,中国人民大学孔子研究院成立庆典暨"孔子与当代"国际学术研讨会,在中国人民大学逸夫会议中心隆重举行。

中国人民大学孔子研究院是国内高等院校中设立的第一个孔子研究院。

孔子研究院建院宗旨是:

继承优秀传统文化,弘扬孔子思想精华,
提高国民人文素质,建设人类美好未来。

孔子研究院由中国人民大学校长担任名誉院长,由著名学者、哲学家张立文教授任院长,由著名学者方立天教授、人民大学副校长冯俊教授、人文学院院长陈桦教授任副院长,邀请海内外国学大师和著名学者、校外专家担任学术委员会顾问和委员。

全国人大常委会前副委员长谷牧,全国政协常委、民进中央副主席楚庄,教育部副部长章新胜,教育部社政司副司长徐维凡,高教司副司长刘凤泰,著名学者张岱年、汤一介、张岂之、成中英、钱逊、牟钟鉴、余敦康、楼宇烈等,以及中国人民大学党委书记程天权、副校长冯惠玲和冯俊，中国人民大学孔子研究院院长、著名学者张立文，孔子后裔孔黛碧，香港孔教学院院长汤恩佳等，另有来自海内外的专家、学者300多人出席了开幕庆典。

大会由冯俊副校长主持，章新胜、楚庄、张岱年、张立文、孔黛碧在开幕大会上发言。在开幕式上还举行了孔子研究院揭牌仪式和孔子研究院网站"孔子在线"的开通仪式。

在此次成立庆典上，中国人民大学孔子研究院正式向政府和社会各界呼吁，编纂中华第一部《儒藏》，并正式启动了编辑《儒藏》筹备工作。

在会上，中国人民大学成立孔子研究院的决定，得到了社会各界的积极响应。孔子后裔、香港仲盛控股有限公司董事长兼总经理孔黛碧，向中国人民大学孔子研究院捐款人民币100万元。

长城影视制作中心主任李成俊，向孔子研究院捐赠了由该中心历时5年拍摄而成的30集电视片《孔子》录像带。

孔子研究院已经将"中国孔学史""孔子与中华民族精神史""孔子思想在世界传播和影响史"，以及《儒藏》编纂工程一起，作为优先进行的研究课题。

除举办科研交流活动外，孔子研究院还规划举办传统文化普及、推广、培训事业。

孔子研究院领导表示，今后，研究院将整合全校人文学科力量，对孔子、儒学和传统文化开展系统的研究和总结。

各报联合发出学国学倡议

2004年9月，全国各地报纸向中小学生发出"弘扬国学，从娃娃抓起"的倡议。

倡议书中提出：

尊敬的各位老师、亲爱的青少年朋友们：

中国国学博大精深，是5000年文明史中历代仁人志士千锤百炼留给我们的宝贵文化遗产。学好国学，不仅关系到中华传统文化的发扬光大，关系到全民族素质的提高，也关系到我们每位青少年朋友的健康成长和成才。同时，学习传承国学的过程，本身就是对青少年进行爱国主义教育的过程，更是加强未成年人思想道德教育的切实途径。因此，作为我们每一个中华儿女，特别是作为中华民族伟大复兴的未来建设者的每一位青少年，我们有理由、也有责任学好中国文化。

但在近年来的不少中小学校和部分中小学生当中，却出现一种不重视国学基本功训练的倾向。许多同学会打电脑，却写不好中国字；会上网聊天、打游戏，却写不好作文；对西方

文化津津乐道,对中华文化却缺乏系统了解。即使有幸从高中考上大学的不少学生,高考成绩及外语分数很高,却没看过或看不懂中国古典名著……

为此,中山大学等全国知名学府有关专业的专家教授忧心忡忡,并针对大学生推出了一系列行之有效的"补救"措施。但我们深知,打好国学功底,关键要靠"童子功"。

有鉴于此,我们特与全国多家中央和各省市媒体一道,联合向广大青少年教育工作者及中小学生共同发出倡议:"打好国学基本功底,推进未成年人教育。"

打好国学基本功是一项系统工程,需要学校、家庭、社会齐心协力,更需要青少年本人勤学苦练。我们相信,只要全社会高度重视,只要经过广大青少年朋友的刻苦努力,我们中华民族的当代子孙,一定会获得比我们祖先更扎实的国学功底,也只有这样,我们才能更好地学习掌握全人类创造的一切优秀的文明成果。

《中国教育报》、中国教育电视台、《光明日报》、《广州日报》、《长江日报》、《海南日报》、《大连日报》、《南京日报》、《沈阳日报》、《上海青年报》、《江淮晨报》、《潇湘晨报》、《新文化报》、《都市快报》、《兰州晨报》、《武汉晚报》、《生活新报》、《厦门日报》、《燕赵都市报》、《海峡都市报》、《成都商报》、《重庆晨报》、《大河报》

2004 年 9 月

这份倡议书得到了社会各界的广泛支持与赞誉，读者朋友们或者打各报社热线，或者发短信，表示对此举积极响应。

9 月 27 日，一大早从白银赶到兰州晨报社的张乾栋说："当时我拿到《兰州晨报》看着倡议书，和一个朋友激动地哭了起来。看到这个倡议，我们仿佛突然看到了曙光，它让我觉得我所做的事有希望了。"

与其他国学倡议支持者不同的是，张乾栋不仅仅只是一个"精神"支持者，最为重要的是他更是一个弘扬国学的实践者和传播者。

张乾栋家在甘肃省白银。他办的《国学启蒙教育报》，每两个月出一期，每期印 5000 份，免费发送到兰州、白银、渭源及包括广州、北京等在内的国内其他城市。

一个年仅 27 岁的青年，辞去工作，成立了一个公益性一人工作室。他从甘肃到宁夏再到青海，从城市到乡村再到贫困山区，他"驮"着自己编的"报纸"一年四季跑个不停……就只为做一件事：推广国学，弘扬国学！没有回报，没有收入，但他却踏踏实实地干了3年。

原来，张乾栋大学毕业后被分配到白银一大厦做经营策划工作，因为从小受到父亲的传统文化熏陶，一直以来，国学在他心中占有很重要的地位。

在工作期间，他就曾积极参与传统文化的推广工作，"直到2001年工作室成立后，才开始了真正意义上的弘扬国学的工作，即国学启蒙教育理念的推广"。

他开设国学启蒙班，举办中华优秀古诗文诵读比赛，给贫困山区的学童免费发放《儿童中国文化导读》书籍……

张乾栋说：

> 在我个人看来，国学就是我们民族的根本，是我们的命脉，而几十年来，我们的文化出现了断层，这是一种悲哀。不过，弘扬国学是我的终身职业，我相信，国学的推广也会通过"农村包围城市"实现。

经典诵读全球测评活动启动

2004年10月15日，在北京人民大会堂，北京学院路小学小朋友诵读8分钟《大学》，开启了"经典诵读工程全球测评"仪式。

在仪式上，以鼓励更多的青少年儿童及成人诵读传统文化经典为主旨的"经典诵读工程全球测评"宣告正式启动。

此次"经典诵读工程全球测评"启动仪式，是孔子文化月活动最后一个高潮。

全国人大常委会副委员长许嘉璐、中国人民大学副校长冯俊等出席启动仪式并讲话。

北京高等院校、科研院所50位学者专家，中国30个省、市、自治区50多个城市及马来西亚、美国、俄罗斯等地的文教机构代表100余人应邀与会。

2004年，是孔子诞辰2555周年，又适逢第二十个教师节。

中国人民大学孔子研究院和北京四海儿童经典导读教育中心共同推出"孔子文化月"，举办了"经典与我"征文、"经典教育"系列讲座、孔子文化与经典教育展等活动，引起社会广泛关注。

经典诵读工程是一项由海内外各界人士共同推动的

大型文化教育公益工程。

自 1995 年，赵朴初、冰心、曹禺、启功等 9 位全国政协委员发出"重视传统文化经典教育"的呼吁以来，中国大陆有近百座城市、数百万小朋友参与该工程，中国的港澳台地区及新加坡、马来西亚、美国等国家和地区共有 100 多万儿童参加。

北京大学、清华大学、中国人民大学、北京师范大学、南京大学等海内外高等学府和研究机构，也先后介入儿童经典诵读活动的推广。

"经典诵读工程全球测评"是一项非盈利、非应试教育的公益性活动，对象首先是儿童，主要对象是学生，终极目标是全民。

测评活动秉承"不分等级，不计多寡；自报篇目，分类背诵，选段测评"的原则。

测评的标准分诵读和综合两个方面，综合评分中，把现场的评委评分和各地老师的日常评分结合，现场评委考量诵读人的发音、台风和行为，各地经典诵读活动的指导老师要对学生的日常德行做出评价。

初步确定每年一次省级测评、两年一次全国测评，4 年一次全球测评。测评参与方式以团队参与为主，个人参与为辅。测评结束后，由中国人民大学等有关机构颁发证书，并给予一定的奖励。

冯俊副校长在致辞中说：

十年树木，百年树人。提升全体国民和海内外华人的人文素养和传统文化修养，培养具有文化教养的新一代国民，是一项长远的工作，是中国文化建设的百年大计。

衷心地希望孔子研究院推广部本着孔子研究院"继承优秀传统文化，弘扬孔子思想精华，提升国民人文素质，建设人类美好未来"的办院宗旨，在今后能策划、组织更多此类弘扬传统文化的活动。

也呼吁更多的有识之士加入我们的队伍中来关注传统文化、研究传统文化、弘扬和发展传统文化，为国民素质的提高、为中华民族的伟大复兴作出更大的贡献。

…………

出席仪式并发表致辞的还有：人大人文学院副院长黄朴民，台湾华山书院院长、全球读经教育基金会会长王财贵博士，香港国际经典文化协会会长温金海，马来西亚马六甲文教基金会会长钟积成先生，中国孔子基金会副会长刘示范教授，北京四海儿童经典导读教育中心主任冯哲等。

仪式由中国人民大学哲学系教授彭永捷主持。

北京大学、清华大学、人民大学、北京师范大学等大学生代表和四海童子园、北京育英学校中学部等学校的 50 名学生及与会 200 多人，齐声朗诵《论语》第一章："学而时习之，不亦说乎……"

琅琅的读书声在人民大会堂回响。

从此，经典诵读工程更加深入民心，活动在全国更加普遍展开。

人民大学成立国学研究院

2005年5月29日,中国人民大学校长纪宝成正式宣布组建国学院,聘请81岁高龄的著名红学家冯其庸担任院长。同时将成立"中国人民大学国学研究院"。

中国人民大学校长纪宝成表示,20世纪初以来,面对欧风美雨的激荡,大行其道的反传统思潮,使国学研究在经历了局部瞬间辉煌之后即归于沉寂,甚至在不少重要方面几近中断。如今,重新审视国学与振兴国学,已成为中国恢复文化自信的需要。

他认为,国学的重振与传承,要冲破办学机制来办国学教育。而兴办国学教育,应该把国学研究与人才的培育结合起来,培养一支人品与学问俱佳的国学研究队伍,使国学文脉得以延续,精神获得传承。

为此,人民大学对国学院学生的培养目标是:

> 深刻理解和熟练掌握传统国学的基本知识和基础典籍,既具备良好的文化素质和传统文化修养,又掌握现代知识体系,能在科研单位、大专院校和政府部门从事国学研究和教学,以及其他相关实际工作。

国学院的课程设置将按照由低到高和循序渐进的要求，分为3个阶段。

课程主要包括国学基础知识、国学精神意蕴、国学治学方法三大模块。国学班从当年秋季开始招生，每年招收20至30人，学制为6年，毕业后可直接获得硕士学位。

人民大学成立了国学院后，2005年11月，北大哲学系办起"乾元国学教室"，首期引来40多名企业老板"闻道"。第二期、第三期的招生计划供不应求。

从此，"国学热"开始升温，全国其他省市也纷纷开起了"国学讲堂"。

因此，2005年也被人们称为"国学年"。

国家加强传统文化工程建设

2006年9月13日，国务院发布《国家"十一五"时期文化发展规划纲要》。

"纲要"提出将在有条件的小学开设书法、绘画、传统工艺等课程，在中学语文课程中适当增加传统经典范文、诗词的比重。

"纲要"指出：

中小学各学科课程都要结合学科特点融入中华优秀传统文化内容；

高等学校面向全体大学生开设中国语文课；加强传统文化教学与研究基地建设，推动相关学科发展；

在社会教育中，广泛开展吟诵古典诗词、传习传统技艺等优秀传统文化普及活动；

办好世界中华传统文化论坛。

"纲要"提出，要继续实施国家清史纂修工程、中华古籍特藏保护计划等重大项目，启动以中华古籍全书数字化出版、中华大典编纂出版为代表的国家重大出版工程；加强民族古籍和文物抢救工作，搜集、整理少数民族古籍；做好格萨尔、江格尔、玛纳斯等古典民族史诗的整理出版和优秀少数民族文学作品的翻译出版工作；充分发挥高等学校和学术机构整理、研究和编纂传统文化典籍的作用。

"纲要"强调，改造和发展富有浓郁民族特色的民间传统节庆内容、风俗、礼仪，维护民族文化的基本元素；继续完善中华民族始祖的祭典活动，充分发挥春节、元宵节、清明节等传统民族节庆的作用；高度重视国庆节、五一国际劳动节等重要节日、纪念日，广泛开展主题宣传教育活动。

"纲要"还提出，要在全社会大力推广普通话，推行规范汉字；电台、电视台、报刊、出版物和公务用语用字，公共场所用语用字等应当符合国家通用语言文字的规范和标准，除特别需要外，一般不得夹用外国语言文字；严格控制广播电视方言类节目的播出比例。

9月15日，文化部长孙家正表示，青少年在阅读当中要提倡朗诵，其中包括那些成为千古绝唱的诗词和文章。

孙家正说，在电脑高度普及的情况下，应该通过媒体呼吁全社会，特别是青少年，要注重阅读。

时代在不断发展，但有许多好的东西是不能丢弃的。过去经常用书声琅琅来形容中国的校园，现在的校园变得沉寂起来了，已经听不到读书声了。我们要大声疾呼建立一个阅读型的社会，在阅读当中要提倡朗诵，阅读特别是朗读将使大脑变得更加健全和完善。

随着我国国际地位的提高，世界各国对汉语和中华文化学习了解的需求急剧增长。

据一份数据显示，美国已有2500所中小学提出开设中文课程；在华侨众多的东南亚地区已有汉语教师近两万名；韩国到2007年将在中小学普遍开设汉语课程；中文已成为德国许多州中学的会考科目；英国教育部制定了中学汉语教学大纲，下令2.4万多所学校要在2010年前，必须和中国一所学校结成姊妹学校，学习中华文化……

从2005年11月21日，全球第一所"孔子学院"在韩国汉城挂牌开始，国家对外汉语教学领导小组与全球36个国家和地区的学校合作，已承办了80所孔子学院或学校，吸引超过上万人学习中文。

与此同时，越来越多的外籍中小学生来中国学校就读。在地方教育部门的支持下，越来越多的中国学校有了招收外籍中小学生的资格，仅杭州一年就有23所中小学获准招外籍学生。

外籍学生逐步走入中国学生的课堂，与中国学生一起学习。随着这些外籍中小学生的到来，中国学校开始喊出了"国际教育"的口号。

除了中国学生学习的课程，学校开始为这些外籍学生开设适合他们的课程。比如开办短期汉语培训项目，中国的书法、剪纸、陶艺等工艺，也成为深受外籍学生喜爱的科目。

三、掀起高潮

- 2006年4月22日,"北京国学大讲堂"在中国现代文学馆举行开幕式暨首场讲座。

- 2007年3月26日,"世界汉学大会2007"在北京中国人民大学召开。

- 2007年10月10日,首都师范大学国学传播中心成立大会在京隆重举行。

全国商界兴起学国学热

2005年11月19日，北京大学"乾元国学教室"正式开班。

40多名来自北京、福建、安徽、新疆等地的中年学员报名参加，其中企业家占到70%以上，还有银行行长、政府官员等，课程包括《四书》《道德经》《庄子》《周易》等。

学习这些课程的都是一批40岁左右的成年人，而这些人大都是一些功成名就的社会人士，他们不为谋求北大的文凭和学历，只是想弥补国学精华而选择到北大哲学系"充电"。在一年的学习期内，他们每月集中两天到北大上课。

30名授课教授来自北京大学、清华大学、人民大学、社科院等单位，都是国学领域的顶级学者，其中有21人是博士生导师。

开班当天，国学专家余敦康上的第一课《国学的核心价值》博得持久的掌声。

"乾元国学教室"由北大哲学系主办，以一年为一个基本单元，开的课程包括《四书》《道德经》《庄子·内七篇》《周易》《坛经》等国学经典。

一年届满还可升入二年级，二年级开设的课程有儒家与《诗经》、佛教与佛学、《史记》与史学和唐诗赏析。

北大哲学系王博教授是"乾元国学教室"首期班的班主任。他说，北大哲学系一直在尝试向社会推广国学精华，首期班推出反响热烈，这说明了社会对国学教育的一种需求。

在中国某家微电子公司担任副总经理的学员吕女士说，她在此之前在北大学过 MBA 课程，还上过哲学系的研究生班。她认为，国学对大部分国人尤其是 40 岁左右的人来说是一个缺憾，上国学课不是为了学文凭考学位，不是为了工作，完全是为了弥补一些根本的东西。

2005 年，随着北京众多国学班的开班，商界掀起了"国学热"。

除了一开学便请来无数媒体进行报道的乾元国学班之外，2005 年 12 月，国际儒学联合会"企业国学堂"开班，并喊出了"修身治企、兼济天下"的口号。2006 年 1 月，中国国学俱乐部开班。

乾元国学班学员张先生说："经济管理是'术'，而国学是'道'。当我们的事业达到一定高峰时，内心却常感到空荡荡的，希望在这里能够找到归属感。"

明基中国营销总经理曾先生一直在思考明基、西门子的文化融合问题，最近，他在"天圆地方说"中找到了方向。

"健全的体制可以约束管理者的行为，可管理者到底是该把人变成机器还是让人更成为人？"某公司总经理田女士上课第一天,就抛出了自己的第一个困惑。

在她看来,现代管理模式可能因为管理者文化底蕴不够深厚、思想内涵浅薄而造成或扭曲变形、或压抑的企业文化,科学的管理架构可能因为人文环境的水土不服而成为教条。

金川啤酒董事长赵生生说:"我虽然年过花甲,但不知道生活的'北'在哪里,生命的根在哪里。赢了世界丢自己,为谁辛苦心茫然。心态平衡的危机,是健康最大的危机。目前,90%的企业家心态不平衡。"

而心态不平衡的解决方法,大多在儒释道的范畴。

儒释道是国学的三大重要组成部分,按照武汉大学郭齐勇教授的说法,儒释道包含了许多有价值的人生智慧:儒家孔子、孟子、荀子强调通过修身实践的功夫,尽心知性而知天;道家老子、庄子主张超越物欲,超越自我,肯定物我之间的同体融合;佛教的人生智慧则是解脱的智慧,无执的智慧。这些智慧,无论对登上梦想中的顶峰后却感觉"空荡荡"的商人,还是遭遇挫折难以突围的老板,都是一种依托、一种启发。

在参加完仁慧特智业开设的修心开智特训营之后,蒙牛董事长牛先生认真地写道:"一个人只有参透了生死,才能解决终极问题,只有真正认识到:死亡是必然,活着是偶然,才能彻底放下自我,提升心灵的境界。只有认识到生命无常,做事业才会只争朝夕。幸福是什么?幸福就是幸存、幸运。我们要时时庆幸自己的幸存和幸运,这样才能修得一颗包容的心、感恩的心、无抱怨的心。"

湖南友元实业总经理陈先生,写自己的体会说:"人生最大的浪费就是用80%的时间,解决自己制造的是非和矛盾。"

世界上太多的不确定性,经常让老板们无所适从、胆战心惊。而有时,老板是无能为力的。

这时,孔子劝慰他人要有敬畏之心的话,"君子有三畏:畏天命,畏大人,畏圣人之言"也许能让他平静下来,进行反思。因为敬畏之心已经是一种人生哲学,超越了是是非非,况且如果心存敬畏,则行为收敛,也是一种最好的生存之道。

怎样进行"礼乐教化",怎样用"仁义礼智信"去熏陶或者衡量职业经理人和员工,几千年国学沉淀下来的东西里面是有不少精华的。

毕业于东北财经大学的李女士很早就下海经商,而她的丈夫从部队复员后一直在国家机关工作,由于李女士的生意风生水起,2000年,她的丈夫辞去公职帮她管理生产。

但是,她发现,虽然丈夫工作很热情,但是管理方法简单武断。于是,两人的摩擦不断升级,李女士开始迷茫了:"丈夫对我好不容易从不支持变成了支持,现在却是不会支持了。"

后来,她迷上了国学,先在北大读国学在职研究生,之后又到乾元国学班上课。

每个月的第三个周六早上9时，李女士都精神抖擞地坐在北京大学哲学系一间教室前三排的某个座位，和乾元国学班的老师和同学一起研讨"儒释道"。

在这其中她发现，可能自己对待丈夫的方法也有问题，比较着急。"为什么不静下来思考？""企业的成功不是一朝一夕的事情。"3年下来，她和丈夫的关系、企业的管理都"顺多了"。

"要先学会静下来。"李女士悟到这点，做到这点，用了3年时间。

在学习中她体悟到："正直是做一个企业最重要的价值观，怎么正直地对待下属、对待厂商、对待社会。另外，就是要很积极，勤劳者才有饭吃。还有就是要懂得回馈感恩。"

中国传统文化也是讲究感恩的，在《论语》中有"滴水之恩，当涌泉相报"，"孝悌也者，其为仁之本欤"。孝是对父母的敬爱，悌是对兄长的敬爱，这是"仁"的根本。孔子说的这种敬爱虽然范围比较窄，但也是感恩的一种，可以延伸到朋友、同事。

所以，国学老师给老板们提一个建议："老板自己首先要修炼一颗感恩的心。"老板有感恩之心，员工才有安全感；员工有安全感，老板才有安全感。推而广之，企业对社会怀有感恩之心，自己也会更安全。

据说，潘石屹的现代城的构造，是得益于他从佛学中领悟到的"只有开放的系统才有生命力"。而潘石屹平时是喜欢禅的。

他的随笔集《茶满了》便起名于禅宗的一桩公案，一位大师说"茶满了"，立即使他的一个弟子顿悟。

"房地产操作是同样的道理，我们头脑里杂七杂八的东西装得太多，我们应该定期让自己的大脑空闲下来，将大脑清零，思维回到最基本、最初始的状态，这样智慧和创造力才会源源不断地涌现。"

对于那些只会赚钱、埋头干活的老板来说，上国学班也是让自己定期将大脑清零的好办法。

学国学成为一种现代时尚

2006年4月22日,"北京国学大讲堂"在中国现代文学馆举行开幕式暨首场讲座。

首场讲座是由著名学者、北京大学教授金开诚主讲的《中庸中和的当代价值》。

在讲座中,金开诚阐述了古人对中庸中和的诠释,指出了中庸中和思想与构建和谐社会的关系,以及这种思想对和谐社会建设的促进作用。

来自政府机关、教育系统、企事业单位的管理层负责人300多人聆听了讲座。

"北京国学大讲堂"由北京市教育考试指导中心和北京大学人才研究中心联合举办。

北大人才研究中心常务副主任雷原教授说,举办"国学大讲堂"的目的,是以专家讲座的形式,面向社会弘扬祖国的优秀传统文化,古为今用,把优秀传统文化赋予新的时代内涵,用以提高人们的思想、道德和文化修养,从而为传承文化、净化心灵和构建和谐社会起到推动作用。

雷原表示,近年来,国内的"国学热"逐渐升温。而以往的一些国学讲座、国学班等大多面对政府官员、私企老板等高层次人士,"北京国学大讲堂"想让有一定学识修养层次的人士都能接触国学,成为面向社会普及国学基本内容的快捷通道。

北京大学人才研究中心表示,大讲堂长期面向社会团体,希望以这种形式将国学教育普及化。

北京大学人才研究中心主办的"北京国学大讲堂"开幕后,许多企事业单位提出要为员工"集团订购"国学课。

学国学,用国学,正在成为一种社会时尚。

全球孔子学院大会召开

2006年7月6日,第一届全球孔子学院大会在北京召开。

中国的综合国力与国际地位日益提高,海外学习汉语的热情不断升温,国内外已有的汉语教学机构和资源储备,已经远远无法满足日益增长的需求。

因此,从2002年开始,教育部和国家对外汉语教学领导小组,开始酝酿借鉴各国推广本民族语言的经验,在海外设立语言推广机构。

2004年3月,本着教授汉语和传播中华民族文化的宗旨,教育部对外汉语教学发展中心,拟在海外设立非营利性的语言推广机构,定名为"孔子学院"。

到2006年7月,已有80所孔子学院和孔子课堂落户36个国家和地区,还有38个国家的99个机构正式提出了办学申请。

统计显示,海外通过各种方式学习汉语的人数超过3000万,100个国家2500多所大学在教授中文。

为了使孔子学院的运行和管理更加规范,更符合当地汉语学习者的实际需要,在2006年7月6日,首届全球孔子学院大会在北京召开。

来自38个国家和地区的孔子学院和孔子课堂以及相

关机构的代表参加了大会。

会议交流了开办孔子学院的经验,讨论了孔子学院章程等文件,以便使汉语教学更符合当地汉语学习者的需要。

在大会上,国务委员陈至立发言表示,随着中国与世界各国交往的日益广泛和深入,汉语的文化价值和实用价值也在提升,汉语学习也受到了越来越多国家和民众的重视。各地孔子学院结合实际,充分发挥自身优势,形成了各具特色的办学模式,积累了一定的经验,成为各国学习汉语言文化、了解当代中国的重要场所,受到了当地社会各界的广泛欢迎。

复旦大学校长王生洪在发言中,介绍了该校在国外建孔子学院的经验。他表示,促进不同文化间的交流,是大学的重要使命之一。在全球化日益深化的今天,中国的大学应承担起对外汉语教学、弘扬优秀传统文化、推进国际文化交流的责任。在外国建立孔子学院,就是具体举措之一。

王生洪介绍,复旦大学早在 1987 年就正式成立了国际文化交流学院。2005 年 2 月,在国家汉办与中国驻瑞典大使馆的协助下,复旦大学与瑞典斯德哥尔摩大学联合成立了北欧第一家孔子学院,当时有在校学生 75 名,学院还为该地区的各种汉语教学机构培训教师。这些学员主要来自瑞典的政府官员、议员、企业管理者和在校大学生等。

清华大学也与伦敦政治经济学院一起开设了商务孔子学院。这一学院主要满足英国及在英跨国公司中的高中层人才的特殊语言要求，教授汉语，传播中国文化。

据清华大学副校长谢维和介绍，清华大学与惠通集团、德勤会计师事务所、渣打银行等企业签订合同，让企业参与到办学中。

商务孔子学院开设商务汉语等特色课程。并在伦敦与清华设了两个"校区"，为学习汉语者提供到中国的语言环境中来熏陶、感染的机会。谢维和说，在文化传播方面，大学有义不容辞的责任。设立孔子学院、进行对外汉语交流，都是让这一责任"落到实处"的措施。

法国第一家孔子学院院长、法国普瓦提埃大学副校长阿兰·米侬兴奋地说，自从第一家孔子学院建立以来，孔子学院建立的数量和速度都很惊人。此次会议世界各地来了这么多人，说明这项事业发展很快。同时，这也标志着中法合作的一个新阶段。

法国第一家孔子学院是普瓦提埃大学与南昌大学在十几年教育合作的基础上建立的。以前两校合作都是互换学生、老师，现在是法国人更侧重于学中文。

阿兰·米侬感受最深的是孔子学院建成后，南昌大学专门派陈梦雯老师到普瓦提埃大学教中文，并且组织活动。这很少见，因为在普瓦提埃大学从来没有中国老师参与管理、运作，而且一起做决策的先例。

据南昌大学校长周文斌介绍，与法国普瓦提埃大学合作有几年的历史，因为有长期合作的积淀，合作的关系比较好。对于建孔子学院，法国方面非常支持，普瓦提埃大学和省政府特别拨专款150万欧元修建。

国内外合办的孔子学院，还很少由国外政府拨专款修建。南昌大学还跟法国远程教育中心合作，中心就建在普瓦提埃大学旁边。

周文斌还表示，双方合办的孔子学院还准备跟法国的航空公司合作，把汉语教学节目放在来往于北京和巴黎的飞机上，每次播出时间为一小时。

在大会的闭幕式上，全国人大常委会副委员长许嘉璐指出，孔子的学说传到西方，是从400多年前意大利传教士把《论语》一书译成拉丁文带到欧洲开始的。各国孔子学院的建立，正是孔子"四海之内皆兄弟""和而不同""君子以文会友，以友辅仁"思想的现实实践。

许嘉璐说，世界的未来应该是和谐的，各国人民之间和谐相处，人类和自然和谐共生；人类的文化过去是，现在是，将来也必然是多元的。中华文化，作为人类多元文化中的一元，有义务为增加人类生活的色彩、为世界未来的和谐与和平作出更大的贡献。

2006年7月8日，参加会议的近80所海外孔子学院的校长，以及部分国家政府官员代表团共120多人，专程到曲阜拜谒孔子。

这次为期两天的会议，是中国在海外开设孔子学院以来召开的首次全球性的孔子学院大会，并准备此后每年召开一次。

2007年12月11日，第二届孔子学院大会在北京召开，来自世界64个国家和地区的孔子学院代表相聚一堂，交流经验、沟通信息，共同为孔子学院的建设与发展献计献策。

国务委员、孔子学院新一届理事会主席陈至立在会议上说，孔子学院在建设中积累了很多宝贵经验，发展势头很好，但毕竟处于起步阶段，还有不少问题亟待解决。比如合格教师的数量不足，缺乏适合不同国家人们生活、习惯和思维的教材，汉语作为外语教学的理论研究不够，教学方法亟待改进，等等。

陈至立提出，今后孔子学院的可持续发展要坚持孔子学院作为汉语教学推广基地的办学宗旨，认真制订孔子学院可持续发展的规划，花大力气提高办学质量，中外双方要相互尊重、精诚合作、互利共赢。

陈至立强调，中国政府和人民将把办好孔子学院作为一项神圣使命，予以长期支持。

据了解，从2004年开始，我国在海外设立了以教授汉语和传播中华民族文化为宗旨的、非营利性机构——孔子学院，全球已有数百所孔子学院，包括孔子课堂，分布在64个国家和地区，其中125所开班授课。此外，还有61个国家的200多个机构提出了开办申请。

孔子学院成为各国学习汉语言文化、了解当代中国的重要场所，受到了当地社会各界的广泛欢迎。

教育部部长周济作工作报告，国务院侨务办公室主任李海峰主持了大会。

会议期间，举办了孔子学院合作院校校长和孔子学院院长论坛。与会代表还参观了在人民大会堂举办的各国孔子学院成果展。

2008年12月9日，第三届孔子学院大会在北京人民大会堂隆重召开。这一届孔子学院大会的主题是孔子学院与全球教育。

国务委员、孔子学院总干事刘延东等和孔子学院总部理事会的中外理事出席了大会。

来自世界各地的200多所孔子学院院长、所在大学校长、中国驻外使领馆官员、中方合作办学单位负责人等出席了大会。

截至2008年12月，全球已经开办249所孔子学院和56所孔子课堂，分布于78个国家和地区。其中，亚洲26国90所，非洲14国21所，欧洲26国103所，美洲10国81所，大洋洲两国10所。

孔子学院为各国民众学习汉语、了解中国提供了新的机会和良好的服务，因而受到当地政府、社会和民众的普遍欢迎，引领并带动了世界各国汉语学习的热潮。

到2008年底，全世界已经有100多个国家近3500所高等学校开设了汉语课程，中小学开设汉语课的热潮方兴未艾，全球学习汉语的人数已达4000多万人。

这次大会后，孔子学院决定将推动培训本土汉语教师、开发适用于不同国家和不同学生群体的汉语教材、利用网络和多媒体等技术手段推广新的教学形式。

在2009年,还将设立"孔子学院奖学金",扩大来华学习汉语奖学金的资助。

同时,选择100所孔子学院和孔子课堂,在办学模式、课程设置、师资质量和所用教材等方面给予重点指导和扶持,使之成为所在国其他孔子学院的示范。

世界汉学大会在中国召开

2007年3月26日,"世界汉学大会2007"在北京中国人民大学召开。

国务委员陈至立、中国人民大学校长纪宝成、法国驻中国大使苏和出席了开幕式并致辞。教育部部长周济为"中国人民大学汉语国际推广研究所"和"中国人民大学汉学研究中心"揭牌。

此次世界汉学大会由国家汉语国际推广领导小组办公室与中国人民大学共同主办,旨在通过世界汉学界专家、学者的深入对话和讨论,促进国际汉学研究领域的交流与合作,探讨中国传统文化对于构建和谐世界的价值。

此次汉学大会是新中国成立以来在中国内地首次举办的一次高水平、高规格的世界性汉学大会。共有来自德国、俄罗斯、美国、英国、意大利、越南、罗马尼亚、奥地利、瑞典、加拿大、新西兰、斯洛伐克、比利时、塞尔维亚、西班牙、日本和中国台湾、香港、澳门的专家学者70多人。

其中包括德国慕尼黑大学、哥廷根大学教授施寒微,美国乔治敦大学历史系汉学教授魏若望,德国波恩大学汉学系主任顾彬,斯洛伐克科学院资深研究员马利安·

高利克，俄罗斯科学院院士马斯洛夫，法国巴黎东方语言大学教授、法国教育部汉语教学总督察白乐桑，瑞典斯德哥尔摩大学汉学系主任罗多弼，日本爱知大学教授加加美光行等，几乎囊括了当今世界汉学界的所有顶级专家和学者。

另有冯其庸、戴逸、汤一介、庞朴、刘梦溪、乐黛云等来自中国社会科学院、北京大学、清华大学、中国人民大学、复旦大学等国内一流教学和研究机构的知名专家、学者140多人。

汉学或称中国学，作为一门根植于中国而发源于海外的古老学科，其研究主题随着中国的变化而变化，但它始终承担着重要的文化功能，并且日益发挥着深远的影响力。

这一届世界汉学大会以"文明对话与和谐世界"为主题，会议分主题包括："作为文明对话的汉学研究""'中国形象'在汉学研究中的变迁""中国传统文化：诠释和影响""汉学家与汉学史""汉语国际推广与跨国文化"。

同时，在正式会议之外，还组织了3场专题圆桌会议，其主题分别为："汉学视野下的20世纪中国文学""景教文典与新近发现的《景教宣元至本经幢》""汉学的自我定位"。

大会共收到论文100多篇，既有对中国古代典籍的研究，也有对中国现代文学的研究；既有对早期来华传教士的研究，如美国乔治敦大学教授魏若望的《关于戴遂良出版物的思考》，也有对明清时来华留学生的研究；既有中国古代文化思想对社会影响的研究，如迈克尔·拉法格的《谈〈论语〉和〈孟子〉中的修身和治国》，也有对当今世界形式下中国社会形态的研究……

论文范围之广、内容之专业，令大多数国人惊讶，可以说代表了当今汉学研究的最高水平。

这一届世界汉学大会的一个主题，就是探讨对外汉语教学的方方面面。这个问题也引来众多中外专家学者的兴趣。

法国教育部汉语教学总督察白乐桑先生说，过去想学习汉语的法国人大都认为，中国传统文化是古老、悠久、高雅的文化，学中文仅仅凭兴趣。而现在，许多学生为了自己将来的职业等原因开始学习汉语。

在短短6年的时间里，法国中学生学习汉语的人数就已经超过了法国学校开设的其他4门外语课的学习人数。

美国普林斯顿大学教授周质平说，2005年至2006年，普林斯顿大学选学汉语的学生人数增加50%，上升为仅次于西班牙语的第二位。他认为，学生选学汉语的动机从学术、猎奇转变为实用，这是中国国力发生变化的结果。

来自越南社会科学院中国研究所的冯氏慧女士结合越南的具体情况说，越南受汉文化影响时间很长，越南古代的典籍、文稿大都是用中文记录的，60%的越南语要借助汉字。

要想了解越南的历史，就必须学习汉语，而且越南语和汉语在语调上有共同点，学起来更容易掌握。另外，越南人希望借鉴中国成功的改革开放经验，这也需要学习汉语。

这一届世界汉学大会的举行，顺应了当代汉学蓬勃发展的趋势，标志着中外汉学研究和交流进入了一个新的发展阶段。

孔庙祭孔大典隆重举行

2007年9月28日,承载着厚重文化传统的国际孔子文化节核心活动,"同祭先师共享和谐——2007曲阜孔庙祭孔大典"隆重举行。

2007年的国际孔子文化节,首次由山东省人民政府和文化部、教育部、国家旅游局以及中华全国归侨华侨联合会共同主办。

出席开幕式的有中央、国家机关有关领导,高等院校的领导、专家和学者,省直机关有关领导;来自全国教育界、文化界、艺术界、体育界、企业界的朋友和来宾;来自美国、俄罗斯、法国、韩国、泰国等国家的外宾,港澳台同胞,海外侨胞;国内外著名儒学专家和研究机构代表;海内外孔孟颜曾后裔代表,以及济宁、曲阜两级市领导。

全国政协副主席罗豪才宣布2007中国曲阜国际孔子文化节开幕。

山东省委副书记、代省长姜大明,文化部副部长周和平,教育部副部长李卫红,国家旅游局副局长王志发,全国人大常委会委员、中华全国归国华侨联合会主席林兆枢先后致辞。山东省副省长才利民主持开幕式。

来自国内外的各界代表分别敬献了花篮。

乐舞告祭后，全场嘉宾向孔子圣像行鞠躬礼。

山东省委副书记、代省长姜大明恭读祭文。山东省政协主席孙淑义主持祭孔大典。

仪式上，宣布了"国人不可不知的五句《论语》经典"征集活动结果：

> 有朋自远方来，不亦说乎。
> 四海之内皆兄弟也。
> 己所不欲，勿施于人。
> 德不孤，必有邻。
> 礼之用，和为贵。

9时，在万仞宫墙前举行了中华文化圣火点燃仪式，由孔子后裔点燃中华文化圣火。

文化节以"走近孔子、喜迎奥运、同根一脉、共建和谐"为主题，举行了世界华人华侨孔庙祭孔、第二届联合国教科文组织"孔子教育奖"颁奖、两岸孔子文化交流周、世界儒学大会发起国际会议等一系列文化活动。

这次活动，达到了纪念先哲、扩大交流、共同发展的目的，进一步增强了全球华人华侨的文化认同感和民族自信心。

国学传播中心在北京成立

2007年10月10日,首都师范大学国学传播中心成立大会在京隆重举行。

全国人大常委会副委员长许嘉璐,北京市教委等有关领导,汤一介、曹先擢、欧阳中石、夏传才、罗宗强、乐黛云、白化文、黄天骥、林文照等著名学者共100多人出席了成立大会。许嘉璐副委员长在会上作了重要讲话。

据了解,首都师范大学国学传播中心是继北京大学国学研究院和中国人民大学国学院后又一家以弘扬国学为宗旨的研究机构。

三家研究机构各具特色:北大国学研究院以学术研究著称,人大国学院以培养人才见长,而首师大国学传播中心则将以传播和交流为重。

首都师范大学此前在国学的研究与传播方面做了大量的工作。他们与北京国学时代文化传播有限公司合作,先后创建了"国学网",开发研制了《国学宝典》这一大型古籍电子文献数据库,编撰出版了《国学备览》丛书,成立了电子文献研究所,并向北京市教委申报了"国学教育基地"大型研究项目。

如今,"国学网"已经成为国内最大、在国际上享有很高声誉的传播中国传统文化的门户网站,《国学宝典》是国内外专家学者研究中国传统文化最常用的电子文献数据库之一,《国学备览》光盘被首都师范大学、河北大学等10多所高校作为大学生素质教育辅助教材。

这些工作,在社会上产生了广泛的影响,显示了首都师范大学在国学传播过程中所做出的艰苦努力。

成立大会上,许嘉璐副委员长与刘新成校长为国学传播中心揭牌,张雪书记向国学传播中心顾问委员会主任许嘉璐先生、名誉主任汤一介先生颁发了聘书。

北京市教委领导、首都师范大学国学传播中心名誉主任汤一介先生以及嘉宾代表夏传才先生发表了热情洋溢的讲话。任继愈、冯其庸、欧阳中石、卞孝萱、方立天等先生为中心成立写了贺词与贺信。

国学传播中心的成立,必将对首都师范大学探索科研体制改革、加大文化传播力度、促进产学研结合,起到积极的推动和示范作用。

《四书》首次走进清华大学

2008年9月17日15时20分，清华大学人文学院的教室里，《四书》将作为必修课搬上清华大学的课堂。

在教室里，还有一批特殊的学生，他们中有六七岁的娃娃，也有10多岁的少年。原本还算是面积比较大的教室，此时已是座无虚席。

随着上课铃声的响起，清华大学教授彭林缓步走上了讲台。

讲课开始时，彭林老师就给学生们提出了一个要求：熟练地背诵《四书》。

"太难了吧？""怎么可能？"讲台下哗然一片。

这时，彭林老师把他的客人，那些六七岁的娃娃和10多岁的少年请上了讲台。

孩子们流利地背诵着《大学》《中庸》《论语》《孟子》。还有一名不到10岁的小女孩，可以全文背诵六经中最难的《尚书》。

就这样，同学们的抱怨和质疑化作了佩服和信心。就这样，《四书》这久违了中国课堂的经典，又重新回到了同学们的视野。接下来是老师耐心地讲解，学生专心地聆听。

"作为一名文科大学生，应该对自己民族的经典非常熟悉。我很幸运，能够在清华大学学习到《四书》，我希望能够通过这门课程，更深刻、更全面地了解我们的文化。"下课后一位同学说。

一位理科生特地赶来旁听这门课程，他认为，虽然自己将来会从事理工方面的研究，但是传统文化的知识是不可或缺的。我们大学生不仅需要知识，更需要文化。

彭林教授谈到清华大学将《四书》作为本科生必修课的原因时，他说：

1. 帮助同学们去认知儒家文化。现在大家往往是寻章摘句的，是局部、片面地去接触传统经典。而认知儒家文化，就要从《四书》入手。要让同学们踏踏实实、一字一句地学习原典。

2. 同学们尤其是文史哲专业的同学，需要具备一定的古文献阅读能力，要求他们读懂经典。读不懂怎么办？要求我们借助古文的注释，我们提供给同学们的既有朱熹给《四书》做的注也有汉唐的注释，同时也有清朝的注释。经过这样较为系统的学习，同学们就会大体具备阅读古籍的能力。

3. 中国的学问可以用"修身治人"4个字概括。对于我们大学生来说，最重要的就是修身养性。而《四书》里所提倡的"诚""敬"

"孝"等理念对于提高学生的素质具有重要的意义。

4. 提升文化自觉。21世纪是文化的世纪。在这个世纪，中西方文化的博弈将会在一个前所未有的广度和深度展开。这场博弈说到底就是中国的文化到底能不能为人类提供一种不同于西方的发展模式。

学校希望通过让同学们去了解掌握经典，从而去了解和热爱自己民族的优秀传统文化，更希望学生在对传统文化认知的基础上有一种温情和敬意。

古籍保护工作全面启动

2007年1月，国务院办公厅《关于进一步加强古籍保护工作的意见》的颁布，拉开了中华古籍保护计划的序幕。

2月28日，文化部在京召开全国古籍保护工作会议，全面启动古籍保护工作。

为贯彻落实国务院办公厅《关于进一步加强古籍保护工作的意见》精神，研究部署古籍保护试点工作，8月3日，由文化部主办、中国国家古籍保护中心承办的全国古籍保护试点工作会议在北京召开。文化部副部长周和平出席会议并作全面部署。

在这次会议上，57家古籍收藏单位成为试点，全国古籍保护工作专家委员会正式成立，古籍保护试点工作全面启动。9月底，《国家珍贵古籍名录》申报工作陆续展开。

2008年1月23日，首批推荐名单在网上公示，3月1日正式颁布，同时揭晓的还有"全国古籍重点保护单位"评审结果。

2008年3月1日，国务院批准颁布首批《国家珍贵古籍名录》2392种及"全国古籍重点保护单位"51家。"名录"有汉文古籍2282部，包括简帛117种、敦煌文书72件、古籍2020部、碑帖73部；少数民族文字古籍110部，包括焉耆—龟兹文、于阗文、藏文、回鹘文、西夏文、白文、蒙古文、察合台文、彝文、满文、东巴文、傣文、水文、古壮字14种文字。

6月14日至7月20日，"国家珍贵古籍特展"在国家图书馆古籍馆隆重举行，这是对古籍保护重大成就的展示，提高全社会的古籍保护意识，对我国的古籍保护工作产生积极而深远的影响。

我国的古代典籍是祖先遗留下来的精神财富和心血结晶，是中华灿烂文明的载体，也是中华民族绵延数千年、一脉相承的历史见证。

古籍保护工作者们通过大力实施中华古籍保护计划，全面、科学、规范地开展保护工作，使古籍保护工作取得了很大进展，为保护中华文明作出了很大的贡献。

世界儒学大会隆重举行

2008年9月27日至29日，第一届世界儒学大会在位于山东省曲阜市的孔子研究院隆重举行。

全国人大常委会原副委员长许嘉璐，文化部副部长周和平，山东省副省长黄胜，山东省人大常委会原副主任李明先，中国艺术研究院院长、中国非物质文化遗产保护中心主任王文章，山东省政府副秘书长司安民，山东省文化厅厅长杜昌文，中国孔子基金会副秘书长林先众，济宁市委书记孙守刚、市长张振川、市政协主席赵树国、市委副书记张术平，日本前内阁官房长官武村正义等莅临会议。

文化部副部长周和平在致辞中指出：

儒学，是中华民族奉献给人类思想宝库的珍贵精神财富。

孔子是"德侔天地，道贯古今，删述六经，垂宪万世"的文化圣人。

在历史的长河中，儒学既保持着其仁爱、和谐的精神特质，又带有不同时代的文化烙印，它以开放的姿态生发扩展，为世界文明形态的延续作出了重要贡献。

儒学，讲究格物、致知、诚意、正心，讲究修身、齐家、治国、平天下。儒学，可以使人心怀世界，志存高远。

研究儒学，有利于当今世界传统与现代的对话，有利于东方文明与西方文明的交流和会通。

当今世界又一次处于剧烈的历史变革之中，人们的生产方式、生活方式和思维方式也在相应发生着深刻的变化。

不断更生的儒学，应当对这一次历史剧变作出自己的回应。

今天，在第一届世界儒学大会上，新世纪的儒学应当发出合乎历史发展、合乎人类利益的时代声音。

山东省副省长黄胜在开幕式致辞中说：

世界儒学大会是儒学研究的盛会，是文化交流的平台。第一届世界儒学大会的宗旨，就是通过儒学来搭建一座让各国学者相互交流与对话的文化桥梁，把不同国度、不同民族、不同文化的儒学研究者聚集在一起，在民主、开放、和谐的学术氛围中，广泛开展交流与合作，从而为增进世界各国人民友谊、推进人类和平与发展作出积极贡献。

中国艺术研究院院长、中国非物质文化遗产保护中心主任王文章在开幕式致辞中说：

在博大精深的中国传统文化中，以孔子思想为代表的儒家文化影响最为久远、最为深广，特别是以历代儒家先哲思想融汇而形成的价值体系，饱含着深厚的生命意识和人文关怀，这些思想不仅推进了中国数千年来的文明发展，也影响了世界的历史进程，具有超越历史和国界的精神力量。

在当今世界多元的背景下，在世界文化融通、汇聚的趋势下，我们深切地认识到在传承、弘扬中华民族优秀传统文化的同时，儒学的研究应该开放思想，拓展视野，将儒学的传承与发展和不同的学科相互结合，我们应以相互敬重的学术态度、相互包容的胸怀和平等的理念，将儒学研究与世界不同的文化相互结合，相互学习，承认文化的差异性和多样性，共同携手促进世界多元文化的发展与繁荣。

来自香港、澳门、台湾，韩国、新加坡、马来西亚、美国、法国、英国、比利时、丹麦、澳大利亚等22个国家和地区、86个儒学研究机构的172位专家学者、各界人士参加了会议。

一些来自不同国度、不同民族、不同文化的专家学者、各界人士聚集在一起，围绕儒学的历史研究、儒学的当代价值、儒学的现代阐释、儒学的世界传播、儒学与和谐文化等议题，在第一届世界儒学大会开放、宽广的平台上，进行了富有时代意义的深入研讨与广泛对话。

世界儒学大会缘于2007年9月召开的"世界儒学大会发起国际会议"，当时共有12个国家和地区的55家儒学研究机构、97位专家学者，倡议召开首届世界儒学大会。

就在那次会议上，与会代表通过了《世界儒学大会发起宣言》和《世界儒学大会章程》，倡议从2008年起，于每年9月曲阜国际孔子文化节期间，召开一届世界儒学大会。

世界儒学大会是由中华人民共和国文化部、山东省人民政府联合主办，中国艺术研究院、山东省文化厅、中国孔子基金会、济宁市人民政府、孔子研究院共同承办的国际性儒学盛会。

其宗旨是在世界范围内组织、举办儒学研究活动，推动各国、各地区儒学研究的深入发展，传承、弘扬中国优秀传统文化，促进人类不同文明之间的对话与交流，增强各国各民族人民之间的相互理解和信任。

第一届世界儒学大会融国际性的文化论坛、高规格的学术盛会和权威性的政府行为于一体，倾力创建儒学研究、交流、合作的国际化平台，它的隆重召开是世界儒学界的一大盛事，也是国际学术研究领域中的一项重要活动。

世界儒学大会的召开，为弘扬中华民族优秀传统文化，促进国际间文化交流与合作，推动中华文化走向世界起到了很好的促进作用。

四、遍地开花

- 每天7时至7时40分,在这些高校的教学楼或广场空地上都经常传来琅琅的经典诵读声。

- 王超说起《论语》,心中很感激:"那是一部让我在苦难落魄时能奋起自强,在富贵安逸时能宠辱不惊的书,是《论语》让我走向成功的。"

- 潘基文说:"在我的一生中,我一直在受到孔子和孟子思想的影响。"

幼儿园开办暑期国学班

2005年7月15日,"人之初,性本善,性相近,习相远……"3岁的洁洁熟练地背着《三字经》,稚嫩的小脸上显出认真的模样。

这是长沙市某幼儿园的孩子背诵《三字经》的情景。该幼儿园杨园长表示,暑期孩子们将主要以学习国学为主。

"子曰:弟子入则孝,出则悌,谨而信,泛爱众,而亲仁。行有余力,则以学丈。"幼儿园大班的小朋友们正在学习《论语》,这些原本生涩的词句从孩子们的口中念出,竟没有半点困难。

"孔子说,年轻人在家要孝顺父母,出外要尊敬哥哥姐姐等兄长们,说话做事要认真诚恳,讲求信用,不和爸爸妈妈奶奶撒谎。对所有的人要以爱心对待,多和好心人在一起……"背诵完以后,孩子们整齐地用自己的话语理解一遍,他们比画着小手,一副认真乖巧的模样。

"小朋友,你知道'学而时习之,不亦说乎'是什么意思吗?"在幼儿园大班里随意问个问题,孩子们纷纷举手说:"学习要经常去复习,这是件让人高兴的事情。"

据杨园长介绍,之所以让孩子们学习国学,是缘于家长们的要求,在与家长交流的时候,很多家长认为现在的孩子很娇气,而且性格霸道。他们希望孩子们通过学习能够改变这种生活习惯。

杨园长介绍,听了家长们的意见后,她就开始寻找一种行之有效的教育方式。在一次逛书店过程中,她萌发了教孩子们国学的想法。

"国学汇集了中国的很多传统思想和美德,如热爱学习、尊老爱幼等,这正是现在的孩子最需要的。"杨园长的想法得到了家长们的一致赞同。

"让孩子们学习国学,不光要背诵,还需要切身理解。"杨园长说,幼儿园的老师每周都要集中学习,把孩子们背诵学习的国学翻译成孩子化的语言,孩子们背诵后还要解释。

天心区市民袁先生认为,国学作为中国的"国粹",有很多值得继承和发扬的东西,尤其是在为人处世方面,可以说它的影响是全世界的。但他认为,"国学思想只能慢慢去熏陶,而不可以灌输式地学习"。

湖南省社科院历史研究所所长刘云波认为,如今的孩子非常熟悉"肯德基""麦当劳",但对于自己祖国的历史文化知之甚少。孩子们学习国学非常必要,可以了解中国文化,培养自己,这对一个人的成长将有好处。

"幼儿园开展国学教育,我认为是件好事情。国学教育讲述很多做人道理,这跟我们现在所说的处理好人际关系,创建和谐社会相吻合。但孩子的学习应该分阶段进行,而不是天天学习国学。"湖南省社科院社会学法学所所长方向新认为，国学是中华优秀文化的精髓，值得去继承，但继承的前提条件是了解。"如果现在孩子根本没有听说过《论语》《增广贤文》等，又何谈去继承呢？所以，把国学作为中华民族文化推广时，就非得放入教育中。"

方向新表示，国学教育要区别于其他的文化课程教育，它需要通盘考虑，并且接受其中的精华部分，按照孩子成长的不同阶段进行教育，这样才会对其成长起到积极作用。

长春掀起学习国学热潮

2006年2月11日上午,在长春市少儿图书馆国学讲堂,当主讲汪玉老师走上讲台时,100多名中小学生已调整好坐姿,端正、安静地等待老师讲课。

"《弟子规·孝》,父母呼,应勿缓;父母命,行勿懒……"不久后,国学讲堂里便传出了孩子们的琅琅吟诵声。

为更好地营造讲课气氛,使孩子们身临其境,迅速理解所学内容,汪玉老师还特意穿上了古代服饰。

现场的孩子们也学得十分认真,其中还有一位不满两周岁的小宝宝也在母亲的怀里跟着咿呀学语。

《弟子规》是长春市少儿图书馆国学讲堂汪玉老师的第一堂课。

汪玉表示,孩子们的思想是一方净土,种下什么样的种子,就会结出什么样的果实。而国学是中国传统文化的经典,传统国学的学习可以帮助学生培养好的品德和行为习惯。

而将《弟子规·孝》作为国学第一课教给学生,就是要让学生从小明白做人的根本理念:孝敬父母,尊重他人。

据了解,在长春市,由吉林省社科联、孔子学会、图书馆等机构主办的各类正规国学讲堂有几十个，除了专门免费向中小学生讲授外，还有部分国学讲堂是为孩子和家长共同开设的。

在长春市，很多中小学生都可以熟练地背诵并解释《论语》等国学经典语句。

在网络文化日益泛滥的今天，中小学生开始对中国传统国学喜爱有加，纷纷走入各类国学讲堂，认真地学习起中国传统国学。

济南把国学知识用于生活

2007年,在孔子、孟子的故乡山东省济南市,许多学校开设国学课,颇受孩子和家长欢迎。

大明湖路小学使用的国学教材,一套12册,都是《四书》《五经》的精华章节、名言警句和古典文学名篇。国学课不考试,采用情景化教学形式,注重以优秀传统文化培养孩子的思想道德。

五年级的郑晨与同学吵了架。当他读到"有朋自远方来,不亦说乎"时,脸红了。他想认错又拉不下面子。当读至"知错能改,善莫大焉",终于鼓起勇气去认错。

有一位三年级学生写作业不认真,妈妈气得打了他。第二天,当妈妈问起这事,没想到孩子答道:"君子弛其亲之过,而敬其美。"意思是,君子应忘记父母的过错,而要敬重他们的优点,并说这是从国学课学到的。年轻的妈妈感慨不已:"感谢国学沟通了我们母子的心灵。"

经五路小学将国学精华分作五个专题融入"走进民族文化"课,包括讲授礼仪、孝贤、气节等传统美德,讲授文学经典,讲授书画、民间工艺、民风民俗、戏曲歌舞等民族艺术,以及武术和齐鲁文化等。有趣的科目,成了孩子们盼望的课程。

学校注重因材施教,一、二年级除诵读古诗文、欣赏戏曲外，还有体验。如三八妇女节那天，老师要求学生问清自己出生时的体重，并系着一个同样重量的粮袋或沙袋来上学，学生即使坐在家长的自行车上，也累得直喘气。他们说："妈妈怀我时真不易啊！"这一"感母恩"的孝道教育，深印孩子记忆。

三、四年级以动手为主，安排学生做风筝，画年画、扇面，用旧杂志、泡沫塑料等废弃物剪贴民族服饰。这样既可培养学生的审美能力，又能增进环保意识。

五、六年级注重分析和实践。在老师的带领下，学生分组调研济南的传统建筑。他们走古街，串老巷，查资料，拍照片。

调研结束后，经集体讨论，给济南规划局写信，对保护济南老建筑提出建议，如立法保护、设置解说牌、修缮部分古民居等等。老师、家长和城市规划人员都喜出望外。

国学是中华文明深厚文化的积淀，学习国学经典提高了社会大众的文化教养，净化了人心，改善了社会风气。

石家庄实施诵读工程

2008年的一天，在一辆火车上，一位中文系的老教授，遇到了一个10岁的小学生，于是，两人开始比赛背古诗。

刚开始两人不相上下，几个回合下来，教授甘拜下风，后来一打听才知道，这是河北师大附属实验小学的学生。据学校统计，小学阶段的6年下来，绝大多数学生能背诵400首古诗文。

有专家指出，让3岁至13岁的儿童自然地诵读古代文化经典，既能提升其语文能力，又使其受到文化熏陶，是培养高尚的文化道德观念的一条有效途径。

在河北师大附属实验小学和庄园小学，有以不同形式诵读经典的一群孩子。他们学习经典诵读的校本教材，通过校内过级测试，一个六年级的孩子可以背诵超过400首古诗文。

河北师范大学附属实验小学，在长期的教育实践中，摸索出了一条以"古诗文诵读"工程为核心，围绕其开展不同形式活动的特色教育之路。

1999年，师大附属实验小学启动了古诗文诵读工程，是石家庄市最早实施经典诵读的学校之一。为此，学校还自己编写了校本教材《小学生诵读古诗文》，所选的篇目范围很广,上自《诗经》《论语》以及先秦散文,下至明清小品、近代诗歌。

按照学校制定的古诗文诵读标准,小学生自二年级起至六年级,需过10级,要求不同的年级达到不同的级别。

学校利用每天下午第一节课前的10分钟让学生诵读,有的班不仅利用下午第一节课前的10分钟,而且早读时也读,天天读,天天背,坚持不懈,日积月累,学生头脑里的古诗文就多了。

"古诗文中蕴涵着丰富的中华民族传统美德,实施古诗文诵读工程不能只停留在表面,还要让同学们从中汲取民族精神,使之渗透到他们的生活、学习的各个方面。"河北师范大学附属实验中学副校长张恒斌这样介绍说。

古诗文诵读工程也推动了其他活动的开展。例如"从古诗中寻找民族精神"活动,让学生从古诗中找出热爱祖国、勤奋学习、勤俭、诚实守信、孝敬父母等方面的经典名句,并谈体会写感想;"从古诗中寻找感恩美德,在生活中回报施恩长辈"活动,让学生模仿古诗文的题材和形式,结合实际,创编感恩童谣、感恩短信、感恩春联等,念给父母听,并帮助父母做一些力所能及的家务劳动,表达对父母的感恩之情……

古诗文诵读工程使师大附属实验小学的孩子们受到了中华民族文化的熏陶,综合素养有了明显提高。"先天下之忧而忧，后天下之乐而乐"成为不少学生为人处世的态度；"少壮不努力，老大徒伤悲""谁知盘中餐，粒粒皆辛苦"已成为提醒学生珍惜时间、爱惜粮食的警句；"温故而知新"则成为学生学习的座右铭。

"子曰：吾十有五而志于学，三十而立，四十而不惑，五十而知天命……"一声声抑扬顿挫、韵味十足的诵读声从桥东区庄园小学的国学讲堂传来。课堂里的学生身穿汉服，正襟危坐，倾听端坐在孔子像下的国学老师的每一句解释。

据庄园小学校长介绍，为弘扬传统文化，引导孩子们从小讲文明、知礼仪，2005年9月，庄园小学将国学列为校本课程，从一年级开始每周开设一节经典诵读课，教学内容以儒家、道家经典著作为主，由语文老师承担讲解工作。

同时，每天中午组织全校学生开展15分钟的经典诵读活动，从《弟子规》《三字经》《笠翁对韵》《道德经》《论语》等中华优秀的经典名篇读起。

但是，在实践中发现，在国学教育中，一般的老师能够担当的角色主要是讲解书面意思、督促背诵，不能真正引经据典，讲出其中的味道。

于是，学校专门聘请了国学老师，在2007年9月，又特别开辟了"国学讲堂"，模仿古代课堂风格，一至三年级学生每周穿汉服上一节国学课。

"穿上汉服，坐在国学讲堂里上课，这个看似很形式的变化，其实引发的是内容变化。以往给同学们讲礼仪，比较抽象，学生们很难理解，现在穿上汉服，可以直接给学生示范，就非常形象了。"国学老师麻昌友介绍，穿上汉服授课，在讲解古代礼仪、典故的时候，学生们更容易接受了。

"穿上汉服，学生们有一种威严感，在课堂上我们借鉴百家讲坛的模式，尽量使用小典故、古代故事，不仅激发了学生的兴趣，让他们集中精力，还能帮助他们更深层次地理解。"于校长说，"着汉服读国学是为了在孩子头脑中根植一种文化信仰。"

小学年龄段的孩子并不能完全理解古文大意，但他们这个年龄段记忆力非常好，再加上老师的反复讲解，使这些内容在他们的脑海中重复出现，进而形成较深刻的印象。这将使他们受到良好的文化熏陶，甚至受益终生。

学校系统编辑了一至六年级使用的《国学启蒙》校本教材，学生们还可以自愿参加学校设定的诵读过级考试，这更加激发了学生们诵读经典的积极性，使经典诵读成为庄园小学特色教育的一个"亮点"。

从2008年开始，国家教育部在清明、端午、中秋、春节四个法定传统文化节日里，推出中华经典诗文诵读活动，并在春节举行诵读总决赛，主题就是"雅言传承文明、经典浸润人生"。

其目的在于，通过这项活动号召全民诵读中华优秀的经典诗文，进一步弘扬优秀传统文化，构建中华民族共有精神家园，特别是对广大青少年进行传承和弘扬优秀传统文化的教育。

河北师大附属实验中学校长认为，学习中华文化的经典应从娃娃抓起，教儿童学古诗就可以从幼儿园、小学开始。这个阶段的孩子记忆能力强，若以唱歌、游戏及讲故事的方法教孩子们学古诗，他们不仅很快就可以熟记成诵，而且有很大的兴趣。

庄园小学校长说，小学生学习国学、诵读经典，可以初步培养学生对于传统文化的兴趣，为将来的厚积薄发创造条件；可以培养小学生阅读的兴趣习惯，积累丰富的语言，提高语言表达能力以及记忆力和专注力；在诵中感悟，感受古诗文蕴涵的思想性和艺术性，陶冶情操，净化心灵；在直面经典中，汲取中华文化的精髓，提高学生的人文素养。

有教育专家指出，3岁至6岁是孩子成长过程中最重要的发展时期，同时也是培养他们良好习惯和学习兴趣的关键时期。中国大部分孩子是独生子女，最常见的是"四二一"式的家庭模式，在这种成长环境中，越来越多的孩子普遍存在着缺乏爱心、不尊敬长辈、蛮横自私、合作与分享能力差等问题。

面对孩子在成长过程中遇到的种种问题，幼儿园、小学时期开始的基础教育应当让国学与传统文化教育占据相当的内容。俗话说得好："三岁看大，七岁看老"，从小培养起来的良好的行为习惯能影响孩子的一生。

据了解,不少小学都在学生中开展了经典诵读活动,学生们踊跃参加,取得了良好的社会效果。但是这项活动似乎只局限于小学生之间,开展经典诵读的中学却为数不多。有专家呼吁,经典诵读活动应该从小学扩展到中学,进而辐射到大学。

可喜的是,自2007年秋季以来,全国已有163所高校响应公益社团向全国高校大中专学生发出的"晨读诵经典"倡议,其中包括河北省的河北科技大学、河北师范大学、河北经贸大学、河北大学等7所院校。

每天早上7时至7时40分,在这些高校的教学楼或广场空地上都经常传来琅琅的经典诵读声。学生们普遍认为,通过晨读,他们的生活习惯、品格、人生修养等方面都有了明显进步和提升。

中国传统文化经典中汇集了很多思想精粹和美德,有很多值得继承和发扬的东西,比如:热爱学习、尊老爱幼、诚实守信等。这种本土文化的独特魅力,应当从儿童时期开始熏陶、浸润,在青年时期传承、发扬。

浙江衢州兴起学国学热

每到周末，位于浙江衢州的孔氏家庙大殿内总会传出孩子诵读《论语》《大学》的琅琅读书声。

每周上一次课，每次一个小时，家长一起陪读，衢州孔庙"少儿读经班"自2008年创办就座无虚席。

《论语》伴随着于丹的解读热遍中国，反映儒学与为人从商之道的书籍热卖，靠才学和品德赢得财富的商人被誉为儒商……儒家文化作为国学，正以前所未有的方式体现着现代社会与圣人思想的勾连，凸显着它在当代人心目中的地位。

"从1912年南京临时政府宣布停止祭孔，北京大学废去经科，到20世纪中叶，国人慨叹传统颓败，国学凋零，再到今天的国学渐热，以孔子儒家学说为代表的传统文化又迎来了一个变化巨大的百年轮回。"儒家传统文化重回国人视线，让身为孔子第七十五代嫡长孙的孔祥楷深感兴奋。

衢州素有"南孔圣地，东南阙里"之美誉。伴随着国人对国学的重新认识，儒学的影响力在全国各地、特别是衢州这片多年受儒学之风润泽的土地上，得到前所未有的体现。

衢州市柯城区尼山小学的操场上，每天课间都能看到学生一边朗诵《弟子规》，一边做操。这套"弟子规操"是该校老师根据儒家办学特色自编的，融经典学习、道德教育、锻炼身体为一体。

衢州二中学校建成的儒学网站成为衢州儒学研究推广的门户网站。校园里的孔子塑像，教室走廊里的孔子画像，图书馆门厅上刻的《论语》，教师办公桌上的儒家著作，就连校园里的大楼、主干道的名称都和孔子、《论语》有关。

这一切，无不告诉来者，儒家文化在这里备受尊崇的地位和无处不在的影响。"学校还开设了八九门有关南孔文化的课程。并通过表演校园剧，让学生新编论语故事，有关儒家思想的辩论赛，论语漫画等学生喜欢的方式，让学生学习儒家文化。"学校负责人说。

对儒学的推崇不仅仅在衢州。在山东的曲阜和浙江的衢州，孔子和他的学说以一北一南互相呼应的方式，向外辐射着巨大的影响力和感召力。

商人通过学国学走向成功

2008 年，已经是一名成功商人的王超说起《论语》，心中很感激："那是一部让我在苦难落魄时能奋起自强，在富贵安逸时能宠辱不惊的书，是《论语》让我走向成功的。"

王超出生在吕梁山区的一个小山村。在他的记忆里，家里一直很贫穷。1994 年，21 岁的王超大学毕业。但一直到 1995 年春节，他的工作仍没有着落。之后，王超揣着 200 元钱，南下广州闯荡。

"路费花了 160 多元，去了那边却找不到工作。"很快，王超成为广州街头的一名流浪汉。"那是一种野人般的生活，当时我最渴望的就是有人跟我擦肩而过时不要躲我。"

"那时我想得最多的就是，今天是不是我一生中最艰难的一天，如果今天是，我明天就会好起来，如果今天不是，那么我今天都过不下去，明天我怎么度过。"在街头流浪 40 多天后，缺吃少穿、面黄肌瘦的王超走出了广州，流浪到佛山的一个小县城。

一天中午，王超漫无目的地走过一处树荫下时，听到蹲在树下乘凉的两名男子在议论自己："这个流浪汉还戴着眼镜，应该是个有知识的人。""也许是受到过刺激吧。"

两人的对话让王超很激动。"40多天了，终于听到有人在议论我。"王超赶忙凑上去说，"我没受过任何刺激，我是个很正常的人。"听完王超的自我介绍，其中一名男子说："背水泥的活你愿意干吗？"自此，王超有了南下广州的第一份工作：在建筑工地背水泥。

一天下工后，王超在街头闲逛，突然在一个旧书摊上看见一本《四书》，每天下工后，其他的工友们都出去闲逛了，王超就躲在工棚里默默捧读《四书》里的《论语》，没想到，一读就是13年。

有一天下工后，王超又开始了他的阅读，当读到《论语》中"季路问事鬼神。子曰：未能事人，焉能事鬼。曰：敢问死。子曰：未知生，焉知死"时，王超突然有了一种醍醐灌顶的感觉。

"一般人活着都要思考一些死后的问题，可是孔子不关心这些，他认为活着就很重要，但是，活着也不仅仅是为活着而活着，孔子有一套理论指导人真正活出人的尊严，那就是仁义礼智信。"

"那是一种温情脉脉的思想，是我寻找了好多年终于找到的精神支柱。"王超说。

读了13年《论语》，儒学中的许多精髓从王超的举止言谈、举手投足间不自觉地显现出来。无论是做人，还是做生意，《论语》早已成为王超的指导思想，让其不仅赢得人们的信任，也赢得了财富。

在佛山的小县城一边读《论语》，一边背水泥，一段时间之后，王超开始思考："总不能就这么一直背水泥吧。""君子疾没世而名不称焉。""一个有理想抱负的人不应该一直默默无闻下去，应该不断进取实现自身的价值甚至超越自身的价值。"

之后，王超决定去东莞。他在一家特种电线厂找到一份工作。善于观察的他，给老板提出合理化建议，使日产量提高了10%，因此，他被提拔成管理人员。

此后，王超开始搞销售。"君子义以为质，礼以行之，孙以出之，信以诚之，君子哉。"

"人立身处世，要把道义作为自己的本质内涵，用彬彬有礼的态度对待别人，以谦逊和蔼的方式表达意愿，用诚信完成自己的承诺。"有这样的思想做指导，王超在东莞淘到了支撑他事业的第一桶金10万元。1997年，他回到山西。

回到山西后，王超走上自己的生意道路。"对我来说也一样，凡是不合乎道义的富贵，都不为之。我以自己的体力去求得富贵，绝不是靠诡辩或者见不得阳光的手段去求得钱财，这也成为指导我日后做生意的至宝。"现在，他已经拥有了一份令人羡慕的事业。

"德之不修，学之不讲，闻义不能徙，不善不能改，是吾忧也。"《论语》里的这句话，不仅成为王超的座右铭，而且被他写在自己办公室所能看到的各个地方。

王超希望更多的人能学习儒家修身、齐家、治国、平天下的真理。

大连校园涌动国学热

2008年,在大连市黑石礁小学,每天早上正式上课前,1000多名小学生都在齐声诵读《弟子规》:"弟子规、圣人训、首孝悌、次谨信……"

同样抑扬顿挫、韵味十足的诵读声也会在大连瑞格中学、嘉汇中学等学校的教室里传出。在大连中小学,一场以儒家思想为主体的"国学热"正在悄然兴起。

在大连第三十八中学的教学楼,有一道《论语》走廊,5层楼的走廊里分别设立了"仁、义、礼、智、信"的仿古书简,上书《论语》中的经典语句。

每天早上,各班级还在黑板的一角写上《论语》中的一两句警句,临放学时,老师在进行一天的总结时也会结合实际给学生诠释其内涵。

"把《论语》作为一种校园文化来影响学生,是我们结合教育教学工作客观实际进行的一种尝试。"大连第三十八中学的姜校长说。学校曾经做过一项调查,学区内20%的人口是外来人口,其中大部分是农民工,大专以上学历者占不到20%,接近50%的人学历在初中以下。

还在两年前,学校的管理和教学都比较差,很多家长三天两头到教育主管部门反映"问题"。反思之后,学校认为抓考试成绩不是第一位的,最重要的是让学生养成好习惯，教书育人关键还在育人上，而这一理念最终还是回归到儒家的教育思想上，因此，《论语》就成为一个最好的载体。

学校将《论语》中的精粹选编成册，作为校本课程教材发放给每一个学生，每周开课一节，结合古汉语教学、德育教学融合成古今贯通的一门"必修课"。

"厚德载物，儒家思想博大精深，我们找到了现代教育与传统文化的最佳结合点。"姜校长说，开设《论语》校本课程以来，学生由新鲜、好奇到被吸引住，出乎人的意料，更可喜的是学生的精神面貌发生了很大变化，无论在学业上和为人处世上，不知不觉间就"懂事"了。

初二班一位同学说："初一的时候这个班还是个差班，组织个集体活动都很困难，现在就不一样了，大家通过学习《论语》学会了与人交流沟通，也知道面对竞争压力应该保持的积极心态，同学之间不仅能够互相帮助，还有了集体荣誉感，在最近举行的校运动会上还拿了团体第二名。"

早在4年前，大连黑石礁小学就在学生中推广诵读《弟子规》等经典国学。

五年班安明泽同学的家长说，孩子背熟了《弟子规》之后，自然而然地表现出了对父母的孝心和爱心，不但听话、守信，还主动帮大人做力所能及的家务，心胸也开阔多了。

同样作为一个国学的积极推动者，大连嘉汇教育公司总经理高山，在一年前就开始在所属的两所中学，即瑞格中学、嘉汇中学推广《弟子规》。他的初衷就是要学生"读经"，让学生传承经典。他说，《弟子规》作为"天下第一规"，对学生学好规矩、树立做人的标准起到积极作用。学生背了近两年《弟子规》，很多家长反映，孩子变化很大，最明显的是知道孝顺父母了。

大连市教育局基础教育二处处长表示，通过传授已经延续了 2500 多年的儒家思想，能够填补由于现代化进程造成的道德真空。学校德育教育利用儒家思想为载体，对青少年立身处世大有裨益，因为儒学等国学强调人与人之间要团结、互助、友爱，为人要有与人为善等思想。

据介绍，大连市教育局对开设国学教育课程没有统一要求，放权给各学校自主选编一些优秀的传统文化作为校本课程教材，开展切合实际的未成年人思想道德教育。

现在，大连市中小学中有近 1/4 的学校开设了相关的国学课程。

2008 年 9 月 28 日，大连鉴开中学则把 5.8 米高的孔子塑像请进校园。

鉴开中学副校长徐桂珍说，不仅要把孔子请进学校，更要让学生领会孔子思想中的优良传统，逐步将其传承为校园文化的核心。

大城县开办国学讲堂

2009年暑假，有些家长朋友们又犯愁了：孩子们这个暑假怎么过呢？

在河北大城县他们有了一个好去处，7月19日上午，大城县的130多名中小学生和家长聚到一起参加由几名教师和在校大学生免费举办的《弟子规》大讲堂。

前来参加培训学习的人络绎不绝，有中小学生有家长，当日参加首期培训的就达130多人。课堂开讲后，场内座无虚席，井然有序。

授课讲师从孩子们日常生活中的具体事例讲起，深入浅出，声情并茂地阐述了《弟子规》中的传统文化精华，讲授孝敬长辈、感恩母爱、明事理、慎行为、乐助人、讲文明等伦理道德知识。台下的孩子们聚精会神地倾听，有时会心一笑，有时感动得热泪盈眶。

这次活动是由该县孙毅小学教师王明红等6名教师发起，在县就业服务局和有关部门及爱心人士的大力支持下，他们自筹资金，购买书籍和光盘，利用学生暑假进行为期一个月的免费服务。

他们力求通过这一形式弘扬民族传统文化，丰富孩子们的暑假生活，让中小学生汲取中华民族传统文化中更多的精髓，促进孩子们健康成长。

王明红老师说，2009年4月，他们自费去山东济南子房洞国学教育研究中心，进行了一个月的进修，被博大精深的国学文化所感染。于是，他们决定自发地组织起来，聘请放假的大学生们，开设《弟子规》大讲堂，让更多的青少年接触传统文化，了解传统文化，让他们转变观念，树立远大的理想。

这一活动也受到了众多大学生的欢迎，大城籍在校大学生郭宇松，现就读于山东曲阜师范大学，他喜欢国学，听说举办《弟子规》讲堂，就欣然来到这里当起了义务辅导员。

郭宇松说，他作为一名普通的在校大学生，作为土生土长的大城人，一直以来始终关注着大城的人文教育。恰逢几名富有爱心的老师组织了《弟子规》讲堂，他听说后，就很高兴地来到这里做一名义务辅导老师。在这里，他要用自己的行动，感染每一个来学习的学员，并希望有更多的人能加入国学教育学习中来。

参加活动的孩子们认为，这种学习形式很好。大人和孩子都有很大的收获。

一位学生家长说："作为一名家长，作为一个成年人，很高兴来到《弟子规》讲堂，接受这种古代的圣贤教育，对我们这代人来说，这是一种迟到的教育。今天我非常高兴，非常激动，也非常受教育。希望自己的儿子既接受现代的文明教育，也接受古代的圣贤教育，成为有理想、有道德，对社会有用的一代新人。"

椰城流行少儿学国学热

2009年2月8日,海口宝辉幼儿园的孩子们正大声朗读经典国学书籍《弟子规》。

在海口,逐渐流行起一股少儿学国学的热潮。有的父母买回了少儿版的"四书五经",有意识地让孩子读;有的幼儿园开始引入蒙学经典《弟子规》《三字经》等每天习诵;社会上也有了专门讲国学的免费文化推广中心……

海口家长曹先生,儿子上三年级。自孩子3岁起,他就有意识地教儿子背经典。他家里有好多套各种版本的少儿国学经典丛书,从图文版到注音版,从《三字经》《千字文》《增广贤文》到"四书""五经",应有尽有,不怕重复。孩子上学后时间紧张,他每天见缝插针在家里的小黑板上写上一两条诗句,尽量往孩子心里输送传统文化的营养。

海南省图少儿阅览室有3.6万册藏书,相对于文学、科普、漫画类书籍,国学传统文化丛书借阅量不是很多。"但是这方面正在慢慢地受到重视。"工作人员林家雅说,"我曾经问过一个借阅《弟子规》的家长,为什么要给孩子读这些看起来挺复杂难度挺大的书。他说让孩子先读,做人的道理虽然孩子听得不是很明白,但他以后会慢慢理解的。"

"中国人不能忘本,应该了解一点传统文化。"让孩子学习传统文化典籍,在另一位家长华先生看来,这是先在孩子心田播下一粒种子。"你要让孩子知道有这些东西存在。"

在海口亚希大厦有个孝廉国学启蒙中心,任何人都可以免费前去听讲座。

2009年元旦前的一个周六下午,这里安排有学习。这一天,教室里温暖如春。几位老师身着唐装,正笑意盈盈地迎接家长和孩子。前来听课的孩子见了老师,行鞠躬礼。两间教室,外面大间是孩子的课室,周六下午安排的是6岁至9岁孩子的课程;里面一间小教室是家长的课室。

这个国学启蒙中心,从事中国文化的推广已有好几年时间。最早是由台湾人蔡礼旭老师主讲,专讲《弟子规》。

《弟子规》为清康熙年代人李毓秀所作,核心思想是孝悌仁爱。如其中说:"父母呼,应勿缓;父母命,行勿懒;父母教,须敬听;父母责,须顺承。"

当天课堂上,内容丰富,老师逐字讲解《弟子规》中的"果仁者,人多畏;言不讳,色不媚"。小朋友随后上台讲德育故事,老师在旁边加以诠释,极力通过具体的一言一行,教导小孩子们爱自己的爸爸妈妈。

老师还邀请家长上讲台进行角色扮演,教孩子如何待客才是礼貌的。家长上台时，都是双手接过老师手里的话筒，并对老师和台下观众行鞠躬礼。这些在我们现代中国社会里几近绝迹的礼节，在这里却进行得自然亲切。

为什么那么注重孝心的培养。蔡礼旭老师在其讲义里有这样的说明：百善孝为先，孝开了，百善都开。孝是德之根本，当一个孩子有孝心，他很多行为也会起很大的变化。所以教育一定要从孝开始。

"诸位父母，孩子这一亩心田，我们到底种下了什么？我们现在一定要好好学习什么是教育。赶快在当下种下对孩子一生最重要的种子，成就他一生正确的为人处世态度。"老师说。

在国学启蒙中心老师看来，真正的素质教育，不是让孩子学唱歌、跳舞、弹琴和英文，而是德行的教育。人的教育有先后顺序，理应先学德行，后学才艺。

有的家长来这里听课已坚持了两三年。当天的家长课是月末例行的分享课。大家分享学习《弟子规》后孩子的变化及自己的困惑。

一位家长说，今天坐电梯时，她7岁的孩子懂得按住开门的钮等着别人进来，"孩子的变化是点点滴滴的，我感受到了传统文化的魅力"。

还有一位母亲上台发言，刚开口就哽咽得说不出话来。她仅说了一句话："我很感谢在我心里充满仇恨的时候，我来到了这里，我是一个失败的女人，但我不想再做一个失败的母亲。"

海口宝辉幼儿园曾因在园里力行《弟子规》引发争议。园里有一项"力行"要求：孩子早晨来校时要对老师、放学要对家长行鞠躬礼。

尽管有争议，宝辉幼儿园仍一直坚持着。自 2003 年在园里力行《弟子规》，至今已坚持了 5 年。

在这家幼儿园，除了正常幼教以外，园里根据幼儿年龄段，每天保证半小时到一小时的经典诵读时间。

除了《弟子规》外，还读《中庸》《孝经》《朱子治家格言》《论语》等。"其他只读不讲，《弟子规》是必讲而且还有力行目标。"安园长介绍说，这个力行目标写在作业本上，放在每个孩子的书包里，告诉家长在家里如何配合去教育孩子。

比如中班孩子的力行目标有：主动问老师好；长辈呼唤马上回答；不挑食，动手吃饭，不用喂；爱护物品等。此外，园里还要求老师每天讲德育故事，每周一都要开家长会交流。

安园长说："我在 2003 年一个偶然机会听到了蔡礼旭老师讲的一堂课，那一课讲的就是礼。一个人如果无礼，会给他的人生增加很多的阻力；学礼，则会增加很多助力。我觉得他说得太好了。"

她说，自那以后每周她几乎都带着全部老师去听课。虽然有的老师调走了，但是新老师来了又继续去听课。几年来没有间断过。"家长配合的，孩子一定有变化。"

她说。

2008年，宝辉幼儿园搬至新址，韩女士的女儿转到另一家幼儿园就读。但孩子给老师鞠躬的习惯一直保留下来。"在新幼儿园，每次听到老师夸奖说：'你的孩子真有礼貌。'我就觉得学学传统挺好的。"

也有些家长对少儿国学热表示了疑问。现在有好些个幼儿园都让幼儿背经典。符先生的儿子在幼儿园里将《弟子规》背得滚瓜烂熟。

"孩子大段大段地背得很多，倒是可以满足家长的虚荣心，但是孩子并没有一点变化，依然是老样子。"符先生说，孩子一天可以背一两页，可见老师没有什么讲解。而这些经典书，往往一两句话就说明很多道理，讲透很难。

"孩子学这些东西，如果发现其实与现在整个社会现实不相符，会不会显得迂腐呢？"也有家长这样问。

当孩子呱呱落地时，为人父母内心充满着喜悦，却也随即踏上了一条充满挑战和酸甜苦辣的育子之路。

现在社会日益开放，东西方交流密集频繁，资讯发达，海量信息令人眼花缭乱，文化价值观念纷繁多元。在这样的背景下，作为孩子的"第一任老师"，家长感叹这个角色越来越不好当。他们纳闷当年自己可以"随随便便"长大，如今的孩子却再也不能这样，他们出现的问题层出不穷。

海南大学文学院博士仲冬梅认为："国学热说明，现在大家都意识到,时下社会小辈缺乏对长辈的恭敬和孝心。人们发现学习西方文化并不能解决我们精神层面的许多问题,转而回来在中国的传统文化里寻求智慧和帮助。"

"教育孩子上,身教永远胜于言教。如果孩子从纸上学来的是一套东西,父母教给他的是另一套东西,你就是给孩子读圣人之言也没有任何意义。"仲冬梅说,"国学不是包治百病的良药。孩子的健康成长需要家长经常与孩子交流,而很多家长愿意花无数的钱让孩子学这学那,却不愿花时间与孩子进行情感交流。"

"父母总是想着,忙完这阵就好好管管孩子,可当我们忙完这阵,孩子不知道已偏到哪里去了!"海口国学启蒙中心一位老师这样感叹。

"现在社会思想太混乱了,虚的东西太多了。该教给孩子什么?追根溯源,我觉得还是传统文化好,里面蕴涵着大智慧,有很多教你待人接物的道理,给孩子灌输这些理念,他将来的道路不会太偏。"曹先生说,"比如,《大学》里倡导的'修身齐家治国平天下',在今天仍有很多合理的成分。它对于培养孩子凡事从自己做起,培养孩子的民族感情、爱国情操都有积极意义。"

因此,在教育孩子上,人们重新重视起老祖宗的方法。

厦门大学开办国学课

2009年2月,厦门大学嘉庚学院开学后,"国学热"也愈演愈烈。

"了解国学并热衷于国学是从看了《百家讲坛》开始的,我从《诗歌唐朝》《新说水浒》等栏目中,了解到许多古代历史文化的知识,后来自己开始查阅相关书籍,渐渐地越读越多,就越来越有兴趣。"一位法学院07级的陈同学说。

那段时期,在校园里有许多同学和她一样,通过各种方式学习国学。

对于如何利用大学时间学习国学知识,许多同学纷纷表示,学习国学的途径有很多,内容形式更是多种多样的。

首先,在老师、同学的建议下,厦门大学嘉庚学院增加开设了关于国学内容的选修课,于是课堂就成为获取知识最简便的途径。

学院开设了《国学基础》《中国传统文化概论》《中国古典诗词鉴赏》《周易入门》《三十六计与孙子兵法》《论语研读》《中国古代谜语知识基础》等选修课。

除此之外,还有《古筝入门》《中国民乐欣赏》等文化艺术类课程。据了解,这些课程受到许多学生欢迎,选报人数逐年增加，成了学院里的热门课程。

一些同学表示，通过课堂学习，不仅能获取系统的国学文化知识，更能在与老师的交流中解答疑问，达到更好的学习效果。

其次，在课外时间的自主学习中，许多同学选择阅读一些不同门类的国学书目，其中不仅包括《诗经》《楚辞》《三字经》《庄子》《孟子》等文学作品，还有如《九章算术》《本草纲目》《周易》等其他门类书目。

在学院图书馆，三楼的文学、历史、古典名著等书籍受到不少同学的青睐。

一名正在阅读《四库全书》的同学表示，虽然自己是一名工科专业学生，但是从小就喜欢古典文学，虽然这些名著年代久远、寓意深刻，并不都能看得明白，但却总能受益匪浅、乐此不疲。

此外，各种内容丰富、形式多样的校园活动更加速了这股"国学热"的蔓延。

在学生社团活动中，许多社团举办起文学征文竞赛、图书馆搜书活动、古典诗词朗诵大赛等系列活动，旨在激发同学们学习国学的热情，这些活动也受到了同学们的好评。

所谓"读万卷书，走万里路"，一些同学还在刚刚过去的寒假期间参观名人故居、历史遗迹等，通过实践活动感受传统文化的博大精深。

学习国学可以培养当代大学生的意志和人格，提高大学生的思想觉悟和待人处事能力。

"四书""五经"等经典里面蕴涵着诸多为人处世的道理，比如"仁、义、礼、智、信"，正是塑造人性品格的起码道德要求；"天行健，君子以自强不息"教导人们要坚忍不拔、志存高远；"穷则独善其身，达则兼济天下""修身、齐家、治国、平天下""以和为贵"等是教导人们要忠于自己的祖国，要富而思进、穷而奋发，要勤俭敬业、不骄不躁。

中国的传统文化博大精深，对于全面培养大学生素质来说，是取之不尽用之不竭的教材宝库。国学记载并传承了中华文化和文明，国学乃是中华民族的文化精华，当代大学生，只有了解国家的历史和文明，才能更好地服务社会，从这点上看，学习国学对大学生来说是意义重大的。

在大学时期，大学生通过学习国学，可以培养良好的道德、情操、价值观和荣辱观。学习国学对社会的影响也将是积极远大的，对提升整个社会的道德水平和价值观念都有着重要意义。

作为肩负着新时期重要使命的大学生，我们对中国传统民族文化的继承和发扬有着义不容辞的责任。

济宁国学热造就文明城

2009年,在山东济宁市的城市乡村,处处可闻诵读经典之声,人们沉浸在高雅氛围中,陶冶着情操,提高了文明素质,实现道德的升华。

中央文明办专职副主任王世明前来考察时说:"贴近百姓生活,卓有成效地开展'诵读中华经典'活动,倡导文明,促进和谐,此举很有推广价值。"

近年来,在孔孟之乡济宁市兴起国学热,激发起百姓对国学经典的热爱和尊崇,涌现出经典诵读队伍近千支,形成学校、家庭、社会共同推动,市、县、乡、村上下联动的格局。

济宁市因势利导成立"诵读中华经典"活动领导小组,通过组织广播听诵、赏析吟诵,开展百篇中华经典诵读活动。

"诵读中华经典"活动领导小组,选取对规范礼仪、修养身心具有教育作用的名篇警句和故事,编写出版了《中华经典作品选》《经典歌曲集》等书。

还聘请易中天、于丹等著名专家作阐释经典的报告,请国学专家举办辅导讲座,传授诵读方法和技巧。

在济宁文明网、济宁教育网、共青团网站,开展国学征文比赛。

在厂矿、车站、码头、机场、景区、博物馆、纪念馆等地命名一批思想道德教育实践基地，在全市营造起"与经典为友，与圣贤为伴"的浓郁氛围。

诵读经典，滋润心田，在潜移默化中改变着人们的思维和行为规范，引导人们对完美人格的追求，对人生价值的探究，对真善美的渴望，涌现出一大批"讲道德，讲文明"的典型。

伴随着"家庭读书热"的兴起，原来有酗酒、搓麻将习惯的人如今开始建设"家庭书屋"，和孩子一起诵读经典诗文，实现了家庭文化和社会文明和谐共进。

济宁市委宣传部副部长、市文明办主任说："通过全民参与的经典诵读活动，人们的生活变得更充实、更丰富、更完美，从而提升了全市人民的文明素质，也必将推动经济与社会更好更快发展。"

青岛社区兴起学国学热

2009年4月,在青岛城阳区顺德居小区、后田社区等居民区里,时常传出琅琅的读书声,"人之初,性本善。性相近,习相远……"这声音似乎把人拉回到过去。

原来,城阳区城阳街道办事处正在兴起一股"国学热",读国学经典、学传统文化、把古典字画画到楼房外墙等活动热热闹闹。

城阳街道办事处负责人介绍说:"中国传统文化对人们有着潜移默化的影响,优秀的文化传统人们接受起来也容易,让国学在社区居民中普及和流传,应当成为我们新形势下精神文明建设的一种形式。"

城阳社区举办了《弟子规》知识讲座,邀请国学教育专家从在家、出门、待人、接物、求学等方面深入浅出地讲解《弟子规》。

社区居民听起来也兴趣盎然,带着6岁的孩子前去听课的社区居民袁玉兰说:"像'忠''孝'这些东西,老人们都认可,现在正好也借讲座来给孩子补补课。"

城阳社区还把国学的相关知识搬上了舞台。他们与学校一起将《弟子规》编排成情景剧,在居民小区演出,请居民代表现场进行传统礼仪演示。参与演示的居民活学活用,在舞台用肢体语言来表达各自对《弟子规》的理解。

另外，城阳街道办事处还广泛利用"山墙"这一载体宣传国学。

前旺疃社区围绕"孝""廉"等文化传统做文章，倡导在家以"孝"为主，在岗以"廉"为先的文化理念，在社区的主要街区修建了以《三字经》《二十四孝》为题材的伦理道德墙。

沟岔社区则画起了"脸谱一条街"，生旦净末丑各色脸谱惟妙惟肖，无声地传递着国粹的力量。

佳县屈家庄兴起学国学热

2009年6月25日，佳县县长柴小平，带着对推进书香建设的课题，深入佳芦镇屈家庄村进行了调研。

屈家庄村位于县城北5公里的榆佳公路边，历史上就是有名的文化村。

2008年初，该村退休干部屈恩思，在佳县国学老师韩海燕的指导下，开始和自己的小孙子学习国学，很快就有不少家长和小学生对国学发生了兴趣。

在屈家庄村干部、学校老师的支持下，韩老师为每个学生免费发放一本国学经典读本，由屈恩思担任导读老师，在学校乡土课堂上，进行每周两节的国学诵读。

2009年以来，国学更是引起了不少家长的兴趣，从而在屈家庄村里兴起了一股国学热。

柴小平一行来到学校后，六年级的同学整齐地背诵了《大学》，五年级的同学整齐地背诵了《论语》，三年级的学生也对《三字经》《弟子规》等传统启蒙经典倒背如流，就连学前班的儿童也能熟练地读完《论语》。

当问及背诵国学经典是否与学习有冲突时，学生纷纷摇头。相反，一些学生和老师介绍，通过背诵国学，学生增加了学习兴趣，更重要的是明白了许多礼仪，不少小学生的变化令老师和家长感到惊奇。

柴小平要求小朋友们要认真学习，在力所能及的情况下，多学习，扩视野，积累知识，提高素养。

在村里座谈时，该村汇报了村里的学习组织情况，并表示镇上也非常关注此事，把该村作为佳县建设"书香榆林"的一个农村示范点来抓，而且村里还准备建设读书室，再丰富部分图书，让兴起的读书热坚持下去。

现在，在村里的引导下，不少农户已兴起了争做书香户、书香门第的愿望。该村明确提出了"书香榆林，我敢为先"的口号，并提出建设"书香榆林"第一村的目标。

村民由以前"不和白面没个吃上的，不打麻将没个做上的"思想，转而形成致力于勤俭持家、致富奔小康的精神面貌。2008年，该村被授予市级文明村称号。

柴小平表示，"书香榆林"建设是进一步提升榆林经济和社会文化发展的重要举措，要采取因地制宜、因人而异的方法，不断深入开展。屈家庄村兴起的学习热对建设"书香榆林"、推进文化建设和乡村发展，有着非常重要的意义，值得宣传和推广。

柴小平强调：

> 屈家庄的模式把国学作为素质教育的组成部分，实现了国学和现代教育的有机结合。把国学作为开展群众教育的重要内容，实现了在当前推进经济社会发展和推进农村精神文明建

设的有机结合，是农村发展的一个方向。要进一步丰富书香村的内涵，提升书香村的层次，完善相关措施，把这种好风气引导好，发展好。要进一步总结经验，完善措施，适时在全县推广，力争在全县范围结出硕果，形成推动佳县发展的强大的内生动力。

知识改变命运，读书改变人生。在人们很多年不谈读书的今天，陕西省佳县佳芦镇屈家庄村的群众却重新拿起书本，而且是用传统的国学来诠释着这句话。

联合国秘书长潘基文学中国经典

2008年6月28日,联合国秘书长潘基文在接受新华社记者专访时,说起《论语》来如数家珍,这位年逾花甲的韩国前外交部长,展现出了鲜为人知的深厚的中华文化功底。他还能够背诵《论语》等中华经典名著中的名句。

"在我的一生中,我一直在受到孔子和孟子思想的影响,"潘基文说,"目前,孔子的很多教诲仍在为我指引方向。"

他说,他一直在努力从《论语》等中华文化经典中汲取智慧、经验和为人处世的原则,无论是履行公务,还是处理个人私事,这些伟大的思想都使他获益良多。

说着,潘基文提笔在纸上工工整整地写下几个汉字:泰山不辞土壤,河海不择细流。他解释说,为人要善于接受所有的人,对于不同的思想、观念和行为要兼收并蓄,才能成就大的事业,而这正是他所遵循的一条生活原则。

潘基文说,他不敢保证自己的行为与孔子的思想完全一致,但他一直在尽自己的最大努力。

说到这里,他起身从办公桌内取出一只皮夹,拿出一张烟盒大小的绿色纸片,上面用韩文和汉字抄录着

《论语》中的名句。

他提笔按照纸片上的字样在另外一张纸上写道：三十而立，四十不惑，五十知天命，六十耳顺。他说，他现在64岁，正处于"耳顺"的阶段。他的理解是，在这个阶段，一个人应当善于听取各种意见，但同时必须能够作出自己的判断。

接着，他又用汉字写下：修身齐家治国平天下。并解释说，一个人必须先使家庭和睦，才能管理好国家乃至天下。

潘基文说，他把所有的联合国员工都当作家人看待，衷心希望员工与管理层之间能够和睦相处。因此，当这个"家"中出现不和谐的情况时，他就会感到非常痛苦。只有当联合国的"家务"管好了，他才能有更多精力和时间来处理国际社会所面临的气候变化、粮食危机以及地区安全等重大问题。

采访结束前，潘基文余兴未消，又提笔在纸上写下"中庸之道"4个汉字，笑称自己便是一个"走中间道路的人"，从来不走极端。

他说："这中庸之道便是我的个人哲学。"

本书主要参考资料

《国学热与文化传承》唐晋主编 人民日报出版社

《在人大听国学》张志伟 干春松编 江西人民出版社

《传统文化·课程开发》周勇主编 安徽教育出版社

《文化的传递与嬗变：中国文化与教育》丁钢主编 广西师范大学出版社

《全球化与中国传统文化的现代转换》孙熙国 刘志国著 山东大学出版社

《大众传播时代传统文化的命运：〈百家讲坛〉现象解析》［硕士论文］ 刘红娟著 首都师范大学